Elefanten
sieht man
nicht

© Ellen Runa Kara

Susan Kreller, 1977 in Plauen geboren, studierte Germanistik und Anglistik und promovierte über deutsche Übersetzungen englischsprachiger Kinderlyrik. Sie lebt mit ihrer Familie in Bielefeld und arbeitet als freie Journalistin und Autorin. Susan Kreller wurde bereits dreimal für den Deutschen Jugendliteraturpreis nominiert und hat ihn 2015 für ihren Roman »Schneeriese« erhalten.

Susan Kreller

Elefanten sieht man nicht

CARLSEN

Außerdem von Susan Kreller im CARLSEN Verlag lieferbar:

Der beste Tag aller Zeiten – Weitgereiste Gedichte
Schneeriese

MIX
Papier aus verantwortungsvollen Quellen
FSC® C083411
FSC www.fsc.org

Veröffentlicht im Carlsen Verlag
Januar 2016

Umschlaggestaltung und -typografie: Kerstin Schürmann, formlabor
Umschlagfotografie © plainpicture/First_Light
Corporate Design Taschenbuch: bell étage
Druck und Bindung: CPI books GmbH, Leck
ISBN: 978-3-551-31458-1
Printed in Germany

Für all die anderen

The elephant in the room (engl. Redewendung): großes Thema, dessen sich jeder bewusst ist, über das aber – aus Angst oder Bequemlichkeit – keiner spricht

eins

Die Sache, die im blauen Haus passiert ist, hat mir viele böse Blicke und meinen Vater beschert. Die Blicke blieben bis zum Ende der Ferien, aber mein Vater ist schon nach zwei Stunden wieder abgereist. Ich hätte ihn gern noch länger hier gehabt und irgendwann vielleicht von ihm erfahren, dass das Falsche, das ich getan hatte, gar nicht falsch war, oder nur ein bisschen falsch, fast richtig. Aber alles, was ihm im Garten meiner Großeltern einfiel, war, ob das bitte schön nicht anders gegangen wäre.

Als er das fragte, rührte meine Großmutter ihren Kaffee kalt, während mein Großvater angestrengt im Barenburger Wochenblatt las. Auf der Rückseite stand *Kühles Nass lockt Jung und Alt* und *Alfred Esser ist der neue Löschzugführer,* und wenn man genau hinsah, stand da auch noch, dass mein Großvater zitterte, die Überschriften wackelten wie Birkenzweige bei Windstärke fünf, nur dass wir an diesem Nachmittag gar keinen Wind hatten, die Sonne drückte uns auf die Gartenstühle und am Himmel waren bloß zwei, drei Kondensstreifen zu sehen, kleine Lackschäden am Dach dieses glühenden Tages.

Und als meine Großmutter nach etwa fünfzig Umdrehungen merkte, dass wir ihr das Rühren in der Kaffeetasse nicht mehr glaubten, hielt sie den

Löffel an und sagte mit schmerzverzerrtem Gesicht, sie kann nie wieder zur Rückengymnastik gehen, damit das klar ist, denn die andern reden, Sigrun redet, Trautchen, sogar Hilde, die sie immer mit dem Auto abgeholt hat. Dabei kann sie ja nichts für ihre Enkelin, nicht wahr? Mein Großvater ließ seine Zeitung nicken und mein Vater brummte etwas, in dem »dreizehn« vorkam und »alt genug«, und ich hätte am liebsten etwas Gemeines zurückgebrummt. Gesagt habe ich aber nur, wie lange bleibst du denn jetzt, und mein Vater hat dann lieber nicht geantwortet, ich bin schon fast wieder weg.

zwei

– Geh zu den anderen.

– Oma, die reden nicht mit mir.

– Auch Robert nicht, von Bauers?

– Redet nicht.

– Die sagen nichts?

– Gar nichts sagen die. Ich steh da nur. Kann ich auch wieder gehen.

– Auch der Robert?

– Hmmh.

– Auch die anderen? Die sich immer am alten Baum treffen? Was war das noch mal, Ahorn?

– Oma!

– Die also auch. Dann geh zu Trautchen, die freut sich.

– Die ist fast siebzig, was soll ich da? Eine Platane war das.

– Dann ins Freibad.

– Ich geh nicht ins Freibad. Die gucken nur, wenn du alleine bist.

– Dann geh zu Trautchen, die guckt nicht.

– Die ist halb blind, deshalb.

– Mascha!

– Oma.

Barenburg war die langweiligste Stadt der Welt. Und auch wenn ich in meinem Leben erst wenige Städte gesehen hatte, bin ich mir sicher, es stimmte trotzdem. Am meisten stimmte es in der Siedlung meiner Großeltern, dort, wo ich seit dem Tod meiner Mutter vor sieben Jahren die Sommerferien verbringen musste. Die Wege vor den roten Klinkerhäuschen waren ordentlich gekehrt und ohne Unkraut und fast ohne Menschen. Wenn man wie ich aus der Großstadt kam, hatte man manchmal das Gefühl, dass einem die U-Bahn direkt vor der Nase weggefahren war und man ganz allein auf dem Bahnsteig stand. Sah man hier überhaupt mal Leute, dann nur, wenn sie ihre Autos wuschen oder in die Vereine gingen oder die Hortensien in den stummen Vorgärten pflegten.

Tag, Mascha!

Was macht die Schule?

Und so selten diese Leute vorkamen, so alt waren sie auch. Sie trugen getönte Brillen und weiße Härchen auf den julibraunen Armen, und es gab nur wenige Familien mit Kindern. Diese Leute hatten entweder schon immer hier gewohnt, oder sie waren erst in den letzten Jahren in die Siedlung gezogen und zählten nicht so richtig. Jedenfalls klang das so, wenn meine Großmutter mit ihren Freundinnen über sie redete. Die anderen zählten aber schon. Die, die schon immer hier gewohnt hatten. Aber weil man sie fast nie auf der Straße sah, zählten sie nur sehr leise.

Es war so still hier.

Lautlos.

So ruhig war es in dieser Siedlung, dass die Stille wild in meinen Ohren hämmerte, und das, obwohl es genau genommen gar nicht still war, denn es gab ja hier immer irgendwen, der den Rasen mähte, vorzurückvorzurück, kurz und bündig, sonntags nie. Und da stand ich dann, eingequetscht in diese Rasenmäherstille, hatte wenig zu tun und alle Zeit der Welt.

Am Anfang war ich noch gern zu meinen Großeltern gefahren und hatte die Freizeitparks und die kleinen Radtouren und sogar die Grillabende mit den Nachbarn und die trockenen Kekse im Freibad gemocht.

Aber jetzt.

Jetzt war alles anders.

Ich hätte natürlich lesen können oder den Freundinnen schreiben, die ich zu Hause hatte. Aber manchmal geht das alles nicht, dann verschwimmen die Buchstaben, die man lesen wollte, und sogar die, die man noch gar nicht geschrieben hat, dann starrt man irgendwohin, auf das Papier oder auf eine Fliege an der Wand oder auf die nutzlose Küchenuhr, die es nicht für nötig hält, ihre Zeiger zu bewegen.

Es gab hier einfach niemanden, mit dem ich etwas anfangen konnte. Die Alten waren zu alt, die Jungen zu jung, und alle, die dazwischen und in meinem Alter waren, wollten nichts mit mir zu tun haben. Das hatte noch nicht mal einen bestimmten Grund – oder doch? Denn wenn sich die, die in meinem Alter waren und nahe der Siedlung meiner Großeltern wohnten, an der kranken Platane oder vor dem Supermarkt trafen und mich zwar nicht wegschickten, aber auch nicht beachteten, dann lag das daran, dass ich keine von ihnen war. Ich war auch keine Zugezogene. Ich war etwas Unbestimmbares, das sechs Wochen mit diesem Ort verbunden war, nur auf welche Weise, das war keinem hier klar, am wenigsten wahrscheinlich mir selbst.

Trotzdem war ich die ganze Zeit draußen, weil es drinnen bei meinen Großeltern überhaupt nichts gab, gar nichts, nicht mal ein Staubkorn. Und wenn ich sage Draußen, dann meine ich zwei Orte. Der eine war das blaue Haus, aber von dem erzähle ich später, und der andere war der Spielplatz am Rand der Siedlung. Der bestand vor allem aus Sand, Tonnen von Sand, in den sich einige Spielgeräte bohrten: Schaukeln, Wippe, Karussell. Immer wenn ich auf dem Spielplatz war, und ich war dort wirklich fast *immer* – immer wenn ich also auf dem Spielplatz war, saß ich mit Kopfhörern und meinem MP3-Player auf einer kleinen Holzburg und hörte Musik, während Vierjährige über eine Hängebrücke zu einer Rutsche wackelten und mich dann wieder allein ließen.

Es gab sicher Aufregenderes im Leben, aber richtig schlimm war es hier nicht. Von der Holzburg aus konnte man Mütter beobachten und ihr ängstliches

Mütterschielen, wenn ihre Kinder fremdes Sandspielzeug benutzten. Man konnte Eltern sehen, die am Sandkastenrand rauchten und telefonierten, während sich ihre Kinder in aller Ruhe Sand in den Mund stopften oder nur deshalb nicht von meiner Holzburg fielen, weil ich mich immer extra an die gefährliche Stelle ohne Geländer setzte. Das war nicht viel, aber es war etwas. Und mehr konnte man in dieser Siedlung eben nicht erwarten.

Natürlich war ich zu alt für den Spielplatz. Ich war ein paar Kleinkindleben älter als die rechtmäßigen Benutzer dieser einzigen lärmenden Insel der Siedlung, und meine Großmutter schämte sich dafür, dass ich hier so oft zu sehen war. Dreizehn und auf einem Spielplatz zu sein war eine klare Niederlage. Mascha! In deinem Alter! Aber so war es nun mal, in genau diesem Alter saß ich hier, sah die Stunden über den Sand kriechen und lernte am ersten Feriensonntag und kurz vor dem viel zu warmen Mittagessen Julia und Max kennen.

drei

Julia und Max Brandner waren die Einzigen unter siebzig, die in der Siedlung mit mir redeten. Dabei ließen sie sich Zeit mit ihren Worten und sagten lange überhaupt nichts. Am Anfang, da waren sie noch nicht einmal Julia und Max. Am Anfang war Julia das Mädchen und Max war der Junge, mehr konnte man nicht erkennen.

An dem Tag, als das Mädchen mit dem gelben Pullover zum ersten Mal auf dem Spielplatz aufleuchtete, wechselte das Wetter ständig zwischen heftigen Regengüssen und brennendem Sonnenschein, als könnte es sich nicht entscheiden. Und weil ich auf der Holzburg saß und ein Dach über dem Kopf hatte, war für mich beides in Ordnung, der Regen fiel gerade so an mir vorbei, und auch die Sonne konnte mir hier nur wenig anhaben.

Am Anfang fielen mir die beiden gar nicht auf; den mädchengelben Fleck, der sich langsam über den Sand bewegte und von einem schnaufenden, dickeren Fleck begleitet wurde, hatte ich vergessen, noch bevor ich ihn überhaupt richtig wahrgenommen hatte. Ich sah nur den Regen, der hell war und nach Sand und Asphalt und der genau falschen Stadt roch. Und wahrscheinlich hätte ich die Kinder auch weiter übersehen, aber dann kletterte das Mädchen einfach auf meine Burg, während sich der Junge in das Karussell setzte und wild im Kreis fuhr, durch einen Regen, der gemein auf ihn einprasselte. Das Mädchen setzte sich neben mich, und ich tat so, als würde ich es nicht sehen, drehte meine Musik lauter und konzentrierte mich auf den Regen und auf den Jungen im Karussell, der völlig durchnässt war und ab und zu kleine Wutanfälle bekam. Er war sehr dick, sein Bauch wackelte in zwei gleich großen Ringen über der triefenden Hose, und ich konnte mir gut vorstellen, wie dieser Junge auf einem Klassenfoto aussehen würde, grimmig und stark und trotzdem so, als müsste er sich für alles Schlimme auf der Welt entschuldigen.

Das Mädchen starrte mich an. Ich sah das im Augenwinkel, und ich mochte ihn nicht, diesen Blick, den ich richtig fühlen konnte auf der Haut. Der Regen fiel weiter auf das Burgdach, ich konnte die Tropfen trotz meiner Musik hören. Und vielleicht war es dieser Regen, der mich so unruhig machte, dass ich plötzlich meine Kopfhörer absetzte, mich zu dem Mädchen drehte und ihm direkt ins Gesicht blickte.

Dieses Gesicht.

Es war sehr hübsch, und mein erstes Gefühl war Neid, Neid auf ein so hübsches Gesicht. Ich stellte mir dieses Gesicht in der Schule vor, froh umzingelt von anderen Gesichtern, überall Freundinnen und gemeinsame Hofpausen und erste Liebesbriefe, ich stellte mir vor, wie beliebt und gar nicht unsichtbar dieses Gesicht in der Schule war. Das Mädchen hatte lange braune Haare und grüne Augen mit einem goldenen Klecks. Es trug höchstens fünf Sommersprossen auf der Nase, und die Nase unter den fünf Sommersprossen war klein und ihre Spitze zeigte gerade so sehr nach oben, dass die Eltern dieser Nase und alle Verwandten, Freundinnen und Liebesbriefschreiber entzückt sein mussten.

Von meiner Nase war noch nie jemand entzückt gewesen. Man hätte sie mit tausend Worten beschreiben können, man konnte aber auch sagen, sie war groß und krumm, fertig.

Hakennase, Blumenvase!

Mascha nicht, Krummgesicht!

Bei manchen Leuten fielen solche Nasen nicht weiter auf, bei mir aber schon, weil ich so klein war. Ich hatte auch Sommersprossen, und zwar mehr als fünf, viel mehr. Meine Hautfarbe war eher sommersprossig als hautfarben, und wenn man alles zusammenrechnete, die Nase und die Größe und die Sommersprossen, dann konnte man mit mir zwar Pferde stehlen, aber keinen Blumentopf gewinnen. So jedenfalls sagte es meine Großmutter. Und auch wenn ich mich irren konnte und sie nie etwas von Pferden gesagt hatte – die Sache mit dem Blumentopf stammte auf jeden Fall von ihr.

– Blöder Regen, hmmh?

–

– Ich hab dich noch nie hier gesehen. Der da, ist das dein Bruder?

–

– Seid hier gerade erst hergezogen? Letzten Sommer wart ihr noch nicht hier!

–

– Äh.

–

– Warum sagst du denn nichts?

–

– Guck mal, der schlägt den Regen. Sieht aus, als würde der den Regen verprügeln. Ist das jetzt dein Bruder oder nicht?

–

Und als hätte der Regen die Nase voll gehabt von den wilden Schlägen, hörte er, zack, einfach auf. Mit einem so plötzlichen Sinneswandel hatten die Kinder aber nicht gerechnet, vor allem der Junge nicht, denn der hielt vor Schreck das Karussell an und blieb dann reglos sitzen, als würde man schneller trocken werden, wenn man sich nicht bewegt.

Und die gelbe Fremde mit dem Hofpausengesicht, die die ganze Zeit nur ein kleines Stückchen Burgdach über dem Kopf hatte, sie bemerkte plötzlich etwas, das ich schon längst gesehen hatte. Die linke Seite ihres Pullovers war nass, das Gelb sah an dieser Stelle grün und müde aus. Sie hob den Pullover an und begann so verzweifelt, die nassen Stellen auszuwringen, dass ich schnell zu dem dicken Jungen sehen musste, der sich jetzt mit zwei anderen Kindern unterhielt, die wie aus dem

Nichts aufgetaucht waren. Oder nein, er unterhielt sich ja gar nicht, nur die Kinder sprachen und brüllten den Blick des Jungen nach unten, Elefantenbaby, schrien sie, Elefantenbaby!

Währenddessen wollte der Pullover des Mädchens neben mir einfach nicht trocken werden, so dass es ihn mit einem Ruck über den Kopf zog, aus Versehen auch das Shirt darunter zu fassen kriegte und dadurch für ein paar Sekunden seinen nackten Bauch zeigte. Es war Zufall, dass es dieselben Sekunden waren, in denen mein Blick wieder auf das Mädchen fiel, auch wenn es wirklich nur ein winziger Augenblick war. Und als dieser Augenblick vorüber war, zog das Mädchen sein Shirt erschrocken wieder herunter und machte die riesigen lilabraunen und gelb geränderten Flecken auf seinem Bauch mit einer einzigen Handbewegung ungeschehen.

vier

Es gibt auf der Welt mehr Möglichkeiten, sich blaue Flecken zu holen, als es Schokoladensorten oder Fernsehprogramme gibt, und wenn sich einer die Mühe machen und all diese Möglichkeiten aufschreiben würde, dann käme da ein dickes Buch heraus. Blaue Flecken kriegt man, wenn man beim Fahrradfahren mit dem Schienbein gegen das Pedal stößt, man kriegt sie, wenn man in der großen Pause von jemandem angerempelt wird, der auch als Erster in der Cafeteria sein will. Sie kommen, wenn man im Winter mit dem Schlitten umkippt, sie bleiben nicht mal dann aus, wenn man nachts zum Kühlschrank geht und unterwegs mit der Hüfte am Küchentisch hängenbleibt, und eigentlich gibt es im Leben keinen einzigen Moment, in dem diese Flecken nicht blau und grün und gelb und braun hinter der nächsten Straßenecke lauern.

Was ich mir nach meiner ersten Begegnung mit dem Mädchen auf dem Spielplatz aber überhaupt nicht vorstellen konnte, war, wie diese riesigen Flecken ausgerechnet auf dem Bauch landen konnten, wo sie doch an ganz andere Körperteile gehörten. Vielleicht war das Mädchen im Freibad vom Drei-Meter-Turm gesprungen und hatte nur nicht gesehen, dass im Wasser noch ein Spielzeug schwamm. Es konnte aber auch sein, dass das Mädchen unter einem Apfelbaum gelegen hatte und ihm ein paar Äpfel auf den Bauch gefallen waren, obwohl ich so was ehrlich gesagt noch nie gehört hatte.

Richtig zufrieden war ich mit dem Spielzeug und den Äpfeln aber nicht, da war etwas anderes, was das Mädchen unter seinem Shirt versteckte, und auch wenn ich es damals noch gar nicht wissen konnte, spürte ich, dass es nichts besonders Gutes war.

Aber wissen, nein, wissen konnte ich das nicht.

Trotzdem wartete ich auf die Kinder.

Vier Tage lang wartete ich auf sie.

Als ich sie wiedersah, das Mädchen und den Jungen, war alles wie beim ersten Mal, das Mädchen schwieg sich die Holzburg herauf und der Junge drehte sich wild auf dem Karussell, alles schon mal da gewesen, der Nächste bitte. Aber weil es diesmal nicht regnete, waren wir nicht die Einzigen auf dem Spielplatz, auch wenn mir das irgendwie so vorkam.

Nach einer Weile sprang der dicke Junge vom Karussell und stapfte schwer auf die Holzburg zu. Als er angekommen war, war er einfach nur da, nichts weiter, und wenn jemand denkt, die beiden hätten jetzt endlich mal geredet, der Junge und das Mädchen, dann ist das leider vollkommen falsch gedacht. Die Sache mit dem Reden, die übernahmen dieselben Jungen, die schon beim letzten Mal aus dem Nichts aufgetaucht waren, hey, Fettsack, wie viel frisst denn ein Elefant?

Besonders einfallsreich schienen sie nicht zu

sein, mehr als Elefanten hatten sie jedenfalls nicht zu bieten. Der Junge zuckte leicht zusammen, aber er stellte sich taub und tat so, als gäbe es auf der Welt nichts Wichtigeres zu tun, als den Zeigefingernagel in den Pfahl einer fast leeren Holzburg zu bohren.

Was tut man, wenn jemand beleidigt wird und man selber zufällig dabeisteht? Mein Vater hatte irgendwann mal erlebt, wie im Bus eine Frau von ein paar Jugendlichen beleidigt wurde. Die Frau saß ganz alleine da und hatte ein Feuermal im Gesicht, die ganze linke Seite war rot und die Jugendlichen dachten sich mindestens zwanzig Schimpfwörter für sie aus. Irgendwann konnte mein Vater das nicht mehr aushalten; er stand von seinem Platz auf und setzte sich direkt neben die fremde Frau, und dann sagte er zu ihr, Mensch, hallo, dass ich *dich* hier treffe! Die Jugendlichen hörten auf mit ihren Beleidigungen, aber die Frau fand das trotzdem nicht in Ordnung und herrschte meinen Vater an, lassen Sie mich in Ruhe!

Mein Vater kam an diesem Abend rot vor Wut und ein wenig trauriger als sonst nach Hause und sagte zu mir, Mascha, hilf am besten niemandem, ich sag's dir, die wollen das alle nicht. Und das war dann schon seltsam, ihn so reden zu hören, denn immerhin ist er Dokumentarfilmer und dreht vor allem Filme über Menschen, denen dringend mal einer helfen sollte.

Dem Jungen auf dem Spielplatz, dem half aber keiner. Und während ihm nach all den Schimpfwörtern Tränen in die Augen schossen, weil ihm das Taubsein nicht mehr gelingen wollte, da hörte ich zum allerersten Mal die Stimme des Mädchens. Ich erschrak richtig, weil ich nicht damit gerechnet hatte, aber trotzdem, direkt neben mir saß das Mädchen und sagte klar und deutlich, erzähl ihm bloß nichts von Elefanten!

fünf

– Von Elefanten, wie meinst du das?

– Na, von Elefanten. Ich hab das mal versucht, hat aber nicht geklappt. Also lass es lieber.

– Was hast du ihm denn erzählt? Das ist dein Bruder, oder?

– Das ist Max, der ist sieben. Ja, mein Bruder.

– Aha. Und was hast du Max nun erzählt?

– Ich wollte ihm zeigen, dass Elefanten toll sind. Dass er gar nicht mehr weinen muss, wenn die das sagen, weil Elefanten richtig klug sind.

– Das ist doch gut!

– Das ist gar nicht gut! Ich hab ihm nämlich auch gesagt, dass Elefanten wissen, wann sie sterben müssen. Die in Afrika wissen das, das hab ich mal in einer Sendung gesehen. Die gehen in die Sümpfe und warten eine Weile, und irgendwann sterben sie einfach.

Und dann erzählte mir das Mädchen, wie dieser Max das auch mal versucht hat. Sterben, meine ich. Er hat sich tausend Schokoriegel in die Hosentaschen gestopft und eine Wolldecke unter den Arm geklemmt und ist dann leise wie ein Elefant in den Partykeller gegangen, denn Elefanten gehen ganz leise, und ob ich mir das überhaupt vorstellen kann, Elefanten sind doch so schwer. Unten im Partykeller hat er sich aufs Sofa gelegt und die Schokolade neben sich auf dem Boden verteilt, falls er vor Hunger nicht sterben kann, und dann hat er gewartet, auf den Tod nämlich, zwei Stunden hat er auf ihn gewartet, und wer dann aber in der Tür stand, war seine Schwester, die an diesem Nachmittag auf ihren Bruder aufpassen musste. Und weil der Tod unterwegs aufgehalten worden war und das Mädchen zufällig schneller war, musste Max eben weiterleben, mit tausend Schokoriegeln im Bauch.

– Und stell dir vor, Mama und Papa haben gar nicht gemerkt, dass Max sterben gegangen ist. Papa hat ihn nur, also, –

– Was hat er?

– Also, er hat ihn ausgeschimpft und gesagt, er soll nicht so viel essen. Das Schokoladenpapier lag doch noch rum.

– Hmmmh.

Etwas Klügeres konnte ich leider nicht sagen, das ging nicht, weil ich solche Unterhaltungen kaum kannte, höchstens von meinem Vater, der auch manchmal wie das Mädchen redete. Zu ihm passte das ja auch. Aber für ein Spielplatzgespräch war dieses hier eine Nummer zu groß, es kamen einfach zu viel Sterben und eindeutig zu viele Elefanten darin vor. Es hätte aber auch nicht gepasst, mit dem Mädchen über diesen neuen Schauspieler zu sprechen oder über eine tolle Handymarke, das wäre wirklich nicht gegangen. Außerdem hatte ich von neuen Schauspielern sowieso keine Ahnung und von tollen Handymarken noch viel weniger. Mein Handy war alt, ich hatte es von meinem Vater übernommen, und auf dem Schulhof wurde ich manchmal gefragt, warum ich mit meinem Festnetztelefon in die Schule gehen würde. Mein MP3-Player war das Modernste, was ich vorzuweisen hatte, und das lag nicht daran, dass wir kein Geld hatten. Es hatte eher damit zu tun, dass mein Vater keinen blassen Schimmer davon hatte, was von einer Dreizehnjährigen in der Schule erwartet wurde.

Als das Spielplatzmädchen gesagt hatte, was es an diesem Julitag zu sagen gab, merkten wir beide, dass nur noch Max vor der Holzburg stand, ganz still, und uns mit roten, aufgerissenen Augen ansah. Und weil er nicht zu wissen schien, was er mit seinen Händen anstellen sollte, benutzte er eine davon, um sich damit durch seine Haare zu fahren. Sie waren dunkelbraun und für einen Jungen sehr lang, besonders vorn. Und als er die Haare da vorn kurz zur Seite schob, sah ich zwei Dinge.

Das Erste war, dass Max so schöne Augen wie seine Schwester hatte, Grün mit Gold. Das Zweite war schon eine andere Geschichte, und es sah auch nicht grün und schon gar nicht golden aus, sondern rot und lila; es war eine Wunde, so groß wie ein Zwei-Euro-Stück, und befand sich rechts oben auf der Stirn. Ich hatte in meinem Leben noch nicht sehr viele Verletzungen gesehen, aber diese kam mir so schlimm vor, dass ich Max fragen wollte, was hast du da denn gemacht, auch wenn es ganz bestimmt bessere Fragen gab. Ich kam aber leider nicht mehr dazu, denn bevor ich meinen Mund überhaupt aufmachen konnte, sagte das Mädchen neben mir laut, und ich bin Julia! Dann sprang sie von der Holzburg, nahm die Hand ihres überraschten Bruders und lief mit ihm davon.

sechs

Es waren nicht die Elefanten, die mir ein neues Gespräch mit Julia verschafften, es war etwas anderes, nämlich die Musik meines Vaters. Aber dieses Thema passte irgendwie genauso wenig zu diesem Spielplatz wie Elefanten, denn mein Vater interessierte sich nicht gerade für die aktuellen Dance-Charts.

– Was ist das jetzt eigentlich für eine Musik, die du immer hörst?

– *Hab ich dir doch gesagt. Damals, als ich zu dir kam. Hab ich dir doch gesagt, dass ich ein Fremder bin.*

– Was? Bist du verrückt?

– Leonard Cohen singt das. Jetzt gerade. Kennst du den?

– Nein. Kenn ich nicht.

– Na ja, jedenfalls singt er das. *I told you when I came I was a stranger.* Das mag ich am liebsten. Mein Vater übersetzt mir die Lieder immer.

– Hmmh. Kann ich mal hören?

Mein Vater konnte mir die Lieder so übersetzen, dass ich immer kapierte, was Sache war. Egal, wie kompliziert sich das alles anhörte. Ich mochte diese Liedtexte, denn Leonard sang von blauen Regenmänteln und von Frauen in Vogelfedern und dann noch von Vögeln in Vogelfedern, die auf Stromleitungen hockten und aus allem irgendwie das Beste machten. Was mir aber noch viel besser gefiel, das war, dass mein Vater überhaupt mal mit mir redete und während dieser Gespräche nicht an die Wand starrte. Wir saßen dann immer am Küchentisch, ließen die Hände auf der Wachstuchdecke kleben und hörten uns eine CD an. Ab und zu hob mein Vater den Zeigefinger und strahlte, hör dir das an, Mascha, hör mal genau zu, und dann hörte ich mir das an, dann hörte ich genau zu, und in diesen Momenten, ich schwöre, in diesen Momenten war wirklich alles, was gut sein konnte, gut.

Wenn mein Vater von Leonard Cohen sprach, dann klang das immer so, als wäre der so etwas wie sein Freund, dabei hatte es mein Vater noch nicht mal auf ein Konzert von ihm geschafft, in seinem ganzen Leben nicht. Und er musste sich wirklich beeilen, falls er seinen Vogelfederfreund noch erleben wollte, denn der war alt und hatte schon eine ganz tiefe Stimme.

Mein Vater hatte auch eine tiefe Stimme, obwohl er noch gar nicht so alt war. Weil er mit dieser tiefen Stimme aber kaum noch mit mir redete, hatte ich ihm Leonard ein bisschen gestohlen, und wenn ich ihn auf meine Ohren setzte, hieß das immer, dass auch mein Vater irgendwie da war. Im Moment war mein Vater aber auf Julias Ohren, und nach einer Weile sagte sie:

– Das gefällt mir. Äh, wie heißt du eigentlich?

– Mascha. Wirklich, gefällt dir das wirklich?

– Klar. Ist doch schön.

– Die in meiner Klasse hören andere Sachen. Denen darf man mit so was nicht kommen. Stell dir mal vor, Leonard Cohen ist schon über siebzig.

– Klingt gar nicht so.

– Weil er unter siebzig war, als er dieses Lied gesungen hat. Sogar ziemlich unter siebzig.

– Ach so. Hmmh. Ich hör zu Hause gar nichts. Ich darf Papa mit gar keiner Musik kommen.

– Oh. Wieso denn?

– Er hat doch schon so viel Stress auf der Arbeit, da braucht er den zu Hause nicht mehr.

– Musik ist doch kein Stress!

– Für ihn schon.

Erst da fiel mir auf, dass Max gar nicht auf dem Spielplatz war. Es war eigenartig, ich hatte mich schon so daran gewöhnt, dass Max, wenn er nicht zu sehen war, trotzdem vorhanden war und höchstens abseits stand, dass ich richtig erschrak. Und als ich Julia fragte, komisch, wo ist denn dein Bruder, da antwortete sie dermaßen laut und schnell, der ist hingefallen!, dass es beinahe ruppig klang.

– Hingefallen? Wo denn?

– Weiß nicht, irgendwo. Irgendeine Treppe runter.

– Schlimm?

– Nein.

– Hmmh.

– Hmmh.

– Warum sagst du nie was, wenn die Jungs so gemein sind zu ihm?

– Da kann ich doch nichts sagen. Die hören doch nicht auf mich. Die machen immer weiter.

– Das ist schlimm.

– Na ja, Max hat gar keine Freunde in der Klasse. Keiner sitzt neben ihm. Keiner will was mit ihm machen. Der stinkt, sagen alle.

– Sie schlagen ihn auch, oder?

– Nein, die hauen ihn nicht. Komisch, das macht keiner. Die fassen ihn noch nicht mal an. Das ist schlimm, niemand in der Klasse darf ihn anfassen, und wenn es doch mal einer macht, dann rufen gleich alle iihh! Na ja, eigentlich reden die nur, und am liebsten nennen sie ihn Elefantenbaby, hast du ja gehört.

– Ja, hab ich.

– Max hört das die ganze Zeit.

Julia und ich haben dann noch weitergeredet, aber nicht mehr über Max. Wir saßen auf der Holzburg, ließen unsere Beine schlenkern und sahen die Sandburgen auf dem Spielplatz wachsen und kaputtgehen. Wir erzählten uns gegenseitig, wie wir mit Nachnamen hießen und wo wir wohnten, und Julia hieß Brandner und wohnte in einem großen bläulich roten Haus, an dem ich schon tausendmal vorbeigegangen war und das vom Haus meiner Großeltern gar nicht weit weg war. Und neun war sie auch noch.

Ab und zu spielte ich Julia ein Lied vor, wobei sie jedes Mal die Augen schloss und sagte, das ist schön, und ich fand, dass hier einige gute Erfindungen zusammenkamen: ein Sonnentag und ein paar Dinge, die sich bewegten, und dann noch jemand, der in der Nähe wohnte und hin und wieder sagte, das ist schön. Später, als wir uns verabschiedeten, hatte Julia ihr ernstes Gesicht verloren und trug jetzt ein fröhliches, und als sie schon weit weg war, drehte sie sich noch einmal um und brüllte quer über den Spielplatz, Mascha! Worauf ich ebenso quer zurückfragte, ja? Und Julia rief, ich pass schon auf ihn auf.

sieben

Danach sah ich Julia und Max sieben Tage nicht mehr. Das lag anfangs an mir selbst oder besser gesagt an meinen Großeltern, weil die so viel zu feiern hatten. Meine Sommer in Barenburg bedeuteten nämlich auch, dass ich in einer einzigen Juliwoche drei Geburtstagsfeste überstehen musste, die alle nach Parfüm, Kaffee und Schnaps rochen. Erst hatte mein Großvater Geburtstag, dann meine Großmutter, und am Samstag feierten beide zusammen. Jedes Mal kam ungelogen die halbe Siedlung vorbei, an den richtigen Geburtstagen nur rein zufällig und zur Feier dann mit gebügelten Hemden und Blusen.

Ich glaube, dass meine Großeltern beliebt waren in der Siedlung, an ihren Geburtstagen waren sie es jedenfalls noch. Und es war auch gar nicht so schwer, hier beliebt zu sein und dazuzugehören, man musste dafür nicht viel mehr tun als den Rasen mähen, auf dem Wochenmarkt Tulpenzwiebeln kaufen, zur Kirchenchorprobe ein paar Neuigkeiten mitbringen, immer schon hier gewohnt haben, im Karnevalsverein den Prinzen wählen und pro Woche ungefähr eine goldene Hochzeit von Bekannten feiern. Aber das musste man dann auch wirklich tun. Meine Großeltern taten es, und sie teilten sich meistens die Aufgaben, wobei mein Großvater am liebsten die Dinge übernahm, bei denen man nicht so viel reden musste.

Ich musste immer viel reden, wenn gefeiert wurde. Guten Tag, ach, hallo, nein, die Ferien haben erst angefangen, ja, älter geworden, gewachsen, na ja, gewachsen eher nicht. Auch diesmal musste ich alle Antworten herauskramen, die ich mir vorher überlegt hatte, nur als Trautchen, die im Haus schräg gegenüber wohnte, während der dritten Feier mit ihrer Zigarettenstimme fragte, na, bist du immer noch so allein, da konnte ich etwas ganz Neues antworten.

– Nein, ich kenn jetzt jemanden hier. Ich hab zwei Kinder getroffen. Auf dem Spielplatz.

– Ach ja? Da hast du aber Glück.

– Ja. Die heißen Brandner, kennen Sie die?

– Oh. Also.

– Heißt das, Sie kennen die?

– Kennen, ich weiß nicht. Wie man sich halt so kennt. Willst du nicht mal wieder vorbeikommen? Ich hab neue Kaninchen, die haben wir gestern erst geholt, komm einfach mal, sie gefallen dir bestimmt. Früher hast du sie doch auch so gerne gefüttert.

– Kann ich machen. Kennen Sie denn auch die Eltern?

– Welche Eltern?

– Von Max und Julia.

– Max und Julia, richtig. Ja, Mädchen, die Brandners, natürlich. Ganz feine Leute. Das Autohaus kennst du doch?

– Ja, schon mal gesehen.

– Siehst du. Die Brandners, ja. Joachim hat sein Auto auch von dort.

Dann war Trautchen weg, und als auch alle anderen fort waren und dann die Nacht gekommen und später wieder vorbeigegangen war, so dass ich wieder auf den Spielplatz gehen konnte, sah ich Julia und Max immer noch nicht. Anfangs war ich noch gar nicht unruhig, ich war nur eine Spur zu allein und hätte die beiden gerne dagehabt, um es nicht mehr zu sein. Mit der Zeit wurde ich dann aber doch immer aufgeregter, und ich weiß gar nicht, warum, denn ich wusste ja gar nichts über die beiden.

Am achten Tag machte ich mich auf den Weg. Wo die Brandners wohnten, wusste ich, auch wenn ich noch nie dort geklingelt hatte, wieso auch? Ich wollte einfach nur fragen, ob Julia und Max mit auf den Spielplatz kommen oder irgendwohin, ganz egal. Dreihundert Meter musste ich etwa gehen, oder sogar weniger; ich lief die Schönbauerstraße entlang und bog dann nach links ab, ging wieder geradeaus, überquerte eine schmale Straße und stand vor dem schönen, bläulich schimmernden Haus der Brandners, das mir größer vorkam als je zuvor.

Der Vorgarten war sogar noch ordentlicher als der von meinen Großeltern, obwohl das eigentlich gar nicht ging. Die Erde war locker und ohne Unkraut, überall wuchsen leuchtend blaue Hortensien, die in der Siedlung sehr beliebt waren, überall lauerten sauber geschnittene, kugelförmige Büsche.

Ich stand da und hatte auf einmal ein schlechtes Gewissen, was natürlich Blödsinn war, weil es überhaupt keinen Grund dafür gab. Höchstens, dass ich schon oft an diesem Haus vorbeigegangen war, ohne es mir richtig anzusehen. Höchstens, dass ich Julia und Max eigentlich gar nicht kannte. Trotzdem klingelte ich. Das heißt, ich versuchte es, und es dauerte lange, bis mein Zeigefinger, der die ganze Zeit um den Klingelknopf herumtänzelte, auf dem polierten goldenen Punkt landete.

Dann klingelte ich wirklich.

Nichts.

Ich hörte auch gar keinen Klingelton.

Noch mal.

Nichts.

Und als ich noch ein paarmal geklingelt hatte und immer noch nichts passiert war, lief ich rechts am Haus vorbei in den Garten, vielleicht waren ja alle draußen und hörten mich deshalb nicht. Aber auch im Garten war niemand, und ich war kurz davor, wieder zu gehen, aber dann hörte ich etwas und ging doch nicht. Dieses Etwas ließ mich zu einem der Fenster laufen, und was mich wunderte, war, dass es gar nicht gekippt war und ich trotzdem alles hören konnte. Nein, keine Worte, obwohl da die ganze Zeit welche waren, unverständlich, aber da.

Was ich hörte, war nur dieses Schreien.

Dieses fürchterliche Schreien.

Und als ich durch das Fenster blickte und etwas sah, das viel mehr war als ein sekundenlang fleckiger Bauch und eine sekundenlang klaffende Wunde an der Stirn, da kriegte ich zum ersten Mal in meinem Leben keine Luft, sie wollte nicht in mich hinein, sondern blieb mit einem Pfeifen im Hals stecken, atmen, dachte ich, atmen, aber in Wahrheit dachte ich gar nichts, ich fühlte es nur, atmen, atmen, bitte atmen. Und als diese Bitte dann endlich erhört wurde und die Luft wieder den Weg in meine Lunge fand und ich wieder denken konnte, da klopfte ich nicht an die Scheibe und holte auch nicht die Nachbarn. Als ich wieder denken konnte, stürzte ich davon, ich rannte und rannte und rannte, aber so weit ich auch rannte, die Schreie blieben die ganze Zeit in meinen Ohren.

acht

Meine Großmutter sagte immer, dass man einen reinlichen Menschen an seinen Zimmerecken erkannte. Gleich nachdem man mit dem Zeigefinger über die Regale gefahren war und die Fensterscheiben bei Sonnenlicht besehen hatte, musste man in die Zimmerecken schauen. Einen wirklich reinlichen Menschen erkannte man daran, dass er den Schmutz auch aus den entlegensten Winkeln holte. Und wenn ich meiner Großmutter an diesem einen Juliabend verraten hätte, dass die Brandners Staub in den Ecken haben, richtige Flusen sogar, dann hätte sie mir bestimmt zugehört. An diesem einen Juliabend, an dem meine Großmutter in der Küche die Gläser abtrocknete, sagte ich aber nur, bald schlagen die Brandners ihre Kinder tot, und alles, was meiner Großmutter dazu einfiel, war, warum sagst du denn so was? Ich sagte das, weil die Brandners bald ihre Kinder totschlagen würden und weil sie es bis jetzt nur aus Versehen noch nicht getan hatten, ich sagte das, weil ich nicht wusste, ob es sonst noch irgendwen gab, der so etwas sagte, in einer Küche womöglich, die so aussah wie diese hier.

– Du bist verrückt, Mascha, meine Güte.

– Oma, wenn ich's dir sage. Die schlagen ihre Kinder, das weiß ich.

– Das *kann* gar nicht sein! Hast du mich verstanden? Das kann nicht sein, Schluss, hör auf damit.

– Warum kann das nicht sein? Hörst du doch!

– Mascha! Den Brandners gehört das Autohaus drüben am Hügel, das weißt du doch. Du weißt, dass das anständige Leute sind. Alle hier wissen das. So was passiert hier einfach nicht!

– Julia hat riesige blaue Flecken. Und Max eine richtige Wunde am Kopf.

– Und? Alle Kinder sehen so aus. Du sahst früher auch so aus, Mädchen, genauso. Ständig bist du hingefallen. Mascha, Kinder sehen alle so aus.

– Die schlagen ihre Kinder!

– Mascha! Du hast keine Ahnung, was du da sagst! Weißt du, wie peinlich das für uns ist, wenn du so was sagst? Wenn du so was auch mal zu anderen sagst?

– Oma, die Flecken waren auf dem Bauch!

– Hör auf, Kind, Schluss! Die Brandners würden das nie machen, nie würden die das machen, das sind angesehene Leute! Was glaubst du eigentlich, wo wir unser Auto herhaben?

– Ich hab doch gesehen, was die mit ihren Kindern machen. Was der Brandner mit seinen Kindern macht.

– Wie kannst du das gesehen haben? Und was hast du denn gesehen, ein paar Ohrfeigen? Die haben deinem Vater früher auch nicht geschadet!

– Vielleicht ja doch. Guck ihn dir an.

– Mascha, was fällt dir ein? Willst du einfach nur Unruhe stiften, ist dir langweilig oder was?

– Oma! Ich hab durch das Fenster geguckt. Ich hab gesehen, wie der Mann Max gegen die Wand geschubst hat. Ich hab die Schreie gehört.

– Der Max schreit oft, die Brandners hatten immer schon Probleme mit dem, der ist so. Und wer weiß, was du gesehen hast!

– Oma. Nur der Herr Brandner hat geschrien. Max war ganz still.

neun

Die Stille war das Schlimmste. Max hatte sich gegen die Wand stoßen lassen und war mit dem Kopf gegen einen großen Bilderrahmen geknallt, der wahrscheinlich aus Metall war. Er hatte gar nicht erst versucht, sich zu wehren. Nicht für eine einzige Sekunde. Er hatte alles mit sich geschehen lassen, während sein Vater pausenlos etwas gebrüllt hatte, das ich nicht verstehen konnte. Und dann war da noch etwas gewesen, Julia war noch gewesen. Sie hatte unbeweglich in einer Ecke gehockt und nirgendwohin gestarrt, oder überallhin, außer in die Richtung ihres Bruders. Es war ein vollkommen anderes Starren als das auf der Holzburg, da war nichts in Julias Augen. Absolut nichts.

Nicht einmal Tränen.

Und weil ich keine Tränen gesehen hatte, bei Julia nicht und bei Max höchstwahrscheinlich auch nicht, obwohl ich mir wegen seiner langen Haare nicht sicher war; weil ich etwas gesehen hatte, das schlimmer war als Tränen, konnte ich keine Ruhe geben. Es dauerte aber lange, bis meine Großmutter so etwas Ähnliches tat wie Zuhören, bestimmt eine halbe Stunde. Und nach dem Zuhören fing sie zu erzählen an, ganz wenig nur, und in jedem zweiten Satz waren die Brandners hochanständige Leute, tüchtig und vorbildlich und auf alle Fälle ordentlich.

In den anderen Sätzen lief Herrn Brandners Autohaus gerade nicht so gut, weshalb auch keine Sommerurlaube mehr drin waren wie sonst immer und überhaupt alles schwer war. Durch die anderen Sätze erfuhr ich, dass Herr Brandner schon immer aufbrausend gewesen war und seine Frau so etwas wie das Gegenteil davon und dass auch Herrn Brandners Vater schon so war, aufbrausend und laut, wer kann es dem jungen Brandner also verdenken? Dass dieser junge Brandner seine Kinder gegen Wände schleuderte, davon wollte sie aber nach wie vor nichts wissen, und auch mein Großvater wollte das nicht hören, obwohl er kurz so aussah, als wollte er.

Er hatte die ganze Zeit am Küchenschrank gelehnt und unser Gespräch nachdenklich verfolgt, aber als ich ihn dann fragte, ob er auch mal was sagen könnte, da brummte er nur. Das war neben dem Rasenmähen seine Lieblingsbeschäftigung, Brummen, und manchmal klang er sogar ein wenig wie sein eigener Rasenmäher.

Er brummte so oft, dass man denken konnte, da wäre nichts in ihm, nur Knochen und Organe und kein einziger Gedanke und kein einziges Wort. Wenn andere zum Beispiel gesagt hätten, danke, gut, und wie steht's bei Ihnen, dann machte es mein Großvater kurz und brummte nur. Am liebsten hätte er das wahrscheinlich pausenlos getan, aber zwischendurch musste er manchmal atmen oder Zähne putzen oder dazugehören.

Es stimmte aber trotzdem nicht, dass mein Großvater nur aus Knochen und Organen bestand, es *gab* ja noch etwas in ihm. Denn ab und zu erlaubte er sich ein Späßchen, was schlecht gegangen wäre, wenn er innen leer gewesen wäre. Manchmal tat er nämlich so, als würde er nicht auf die Mittags- und Sonntagsruhezeiten achten, obwohl Lärm in dieser Zeit strengstens verboten war. Er holte dann den Rasenmäher aus dem Schuppen und stellte ihn mitten auf die Wiese. Wenn meine Großmutter schimpfend in den Garten kam und einen hastigen und sehr lauten Vortrag über Anstand, Nachbarn und irgendeine Satzung der Stadt hielt, dann holte mein Großvater einen Schraubenzieher aus der Tasche, hantierte am Rasenmäher herum und zwinkerte mir zu. Und in diesem Zwinkern waren alle Fragen, Antworten und Beschwerden, alle langen Reden und kurzen Grüße enthalten, die ihm sonst nicht einfielen.

An diesem einen Juliabend zwinkerte er aber nicht, sondern schlurfte einfach aus der Küche, und auch meine Großmutter hatte draußen irgendetwas Wichtiges zu tun, Staub wischen wahrscheinlich. Und ich? Ich stand allein am Küchenfenster und kriegte Julias Starren und die Stille von Max nicht mehr aus dem Kopf. Und als ich mich nach einer halben Stunde immer noch so fühlte, traurig und viel zu klein, beschloss ich, etwas Abwegiges zu tun. Ich rief meinen Vater an.

zehn

Mein Vater und ich telefonierten nie, wenn ich bei meinen Großeltern war. Er wollte nicht mal bei seinen beiden Geburtstagsanrufen mit mir reden und ließ mir dann immer nur etwas ausrichten, ach ja, und Grüße an Mascha. Meistens war das kein Problem für mich. Nach sieben Jahren hatte ich mich langsam daran gewöhnt, dass er ein paar Wochen im Jahr alleine um meine Mutter trauern wollte. Nur manchmal, da vergaß ich eben, dass ich mich daran gewöhnt hatte, und in diesen Momenten fehlte mir mein Vater trotzdem.

Meine Mutter hatte damals weiter nichts getan, als im Garten Limonade zu trinken und dabei eine Wespe zu verschlucken, sie hatte geatmet und geatmet und nach einer Weile nicht mehr geatmet, sie war aus dem Leben meines Vaters gefallen und aus meinem gleich dazu. In den Sommerferien ließ ich meinen Vater deshalb in Ruhe und hörte stattdessen Musik. Aber als mich meine Großeltern alleine in der Küche zurückgelassen hatten, ging das nicht mehr. Ich trottete ins Gästezimmer, in dem ich in den Ferien immer wohnte, und holte mein Handy aus der Tasche.

Das Zimmer war so ordentlich, dass ich mich unmöglich auf einen dieser weiß lackierten Stühle setzen konnte, um meinem Vater von Julias fleckigem

Bauch zu erzählen. Also setzte ich mich aufs Bett, zog die frisch gewaschene Decke über mich und telefonierte im Dunkeln.

– Ja?

– Papa, ich bin's, Mascha.

– Ist was mit Oma?

– Was? Nein. Wieso mit Oma?

– Warum rufst du dann an?

– Ich muss dir was sagen.

– Na dann. Erzähl.

– Ich hab auf dem Spielplatz zwei Kinder getroffen. Ich glaub, die werden geschlagen.

– Glaubst du das oder weißt du das?

– Äh. Na ja. Die haben so viele blaue Flecken. Und der Junge hat eine Wunde an der Stirn und ist ganz komisch.

– Mascha, da musst du vorsichtig sein. Die können sich sonst wie verletzt haben.

– Aber ich hab's doch auch gesehen.

– Was hast du gesehen?

– Ich hab durchs Fenster geschaut, und Max ist von seinem Vater gegen die Wand gestoßen worden. Der ist dort richtig mit dem Kopf aufgeschlagen.

– Hmmmh. Das hast du wirklich gesehen?

– Ja.

– Mascha, aber halt dich trotzdem lieber raus. Darum kümmert sich schon das Jugendamt. Du kannst da allein gar nichts machen.

– Aber woher sollen die vom Jugendamt denn wissen, dass sie sich kümmern müssen?

– Das wird denen schon irgendwer sagen. Wenn *du* das siehst, kriegen das doch auch andere mit. Die Nachbarn zum Beispiel. Oder die Lehrer. Der Kinderarzt. Irgendwann sagt jemand was.

– Irgendwann? Dann sind Julia und Max tot.

– Unsinn, Mascha, so schnell stirbt man nicht.

– Aber irgendwer muss doch was machen.

– Ja, aber du doch nicht. Du bist viel zu jung. Du kannst da nichts tun.

So schnell stirbt man nicht, hatte mein Vater gesagt, und allein dieser eine Satz war schon sonderbar genug, wo doch gerade mein Vater wissen musste, wie ungeheuer schnell man sterben konnte und wie manchmal eine einzige Sekunde dafür sorgte, dass in einem Leben ein Bettbezug und eine Kaffeetasse weniger vorkamen. Was mich aber noch viel mehr störte, das war, dass mein Vater sich ja sonst für Menschen interessierte, jedenfalls für die, denen schlimme Dinge zugestoßen waren. Er machte immer nur Filme, die mit großen, schrecklichen Dingen zu tun hatten. Meistens waren das Filme über Angehörige; er besuchte Angehörige von Zugunglücksopfern oder Selbstmördern oder Verschwundenen und eigentlich von allem, was es irgendwie nicht mehr gab. Manchmal drehte er aber auch Filme über Menschen, die vor allem sich selber angehörten. Er ging dann mit seinem Kamerateam zu diesen Leuten und guckte ihnen dabei zu, wie sie immer trauriger oder älter wurden. Zugucken, ja. Bestimmt war es das. Mein Vater war einer, der zuguckte, fertig. Und dass er die Leute, die er sich anschaute, damit nicht froher machte, dafür konnte er ja nichts.

elf

Als ich Julia und Max nach drei Tagen wiedersah, war alles wie immer. Sicherlich wäre keine von den Spielplatzmüttern darauf gekommen, dass Max noch vor kurzem mit dem Kopf an einem Bilderrahmen gelandet war. Diesmal waren die beiden sogar richtig fröhlich, auch Max lächelte ein wenig unter seinen tief ins Gesicht gekämmten Haaren und redete dann, redete und redete. Er hatte noch nie gesprochen, wenn ich ihn auf dem Spielplatz getroffen hatte, aber dass er es diesmal tat, machte auch keinen besonders großen Unterschied.

Denn ich verstand kein Wort.

Das war aber nicht so schlimm, denn er redete ja nicht mit mir. Nur mit wem er sprach, das war nicht herauszukriegen, obwohl er direkt unter der Holzburg stand. Es sah aus, als würde Max mit der Luft sprechen, aber die Luft hatte es leider nicht nötig zu antworten. Stattdessen antwortete Julia, die zu mir auf die Holzburg geklettert war. Sie antwortete aber nicht etwa ihrem Bruder, sondern mir, und auch nicht auf eine richtige Frage, sondern nur auf eine, die ich still vor mich hin gedacht hatte.

– Weißt du, mit wem er da redet, Mascha? Das ist Pablo.

– Ich seh aber keinen.

– Den hat er sich doch nur ausgedacht. Max redet ständig mit dem.

– Komisch.

– Sagt Papa auch. Er hat Max sogar verboten, mit Pablo zu reden, aber Max ist das egal. Der redet trotzdem mit ihm. Manchmal schlägt er ihn sogar.

– Wie geht das denn?

– Na, das geht schon. Kannst du mir glauben. Wollen wir was spielen?

– Spielen? Was denn?

– Wir tun so, als wären wir Gefangene auf der Burg. Wir müssen einen Wettkampf machen, und wer dann gewinnt, wird nicht von den Löwen oder Bären gefressen. Die sind da unten im Graben. Der andere wird aber schon gefressen.

– Oh. Und was ist das für ein Wettkampf?

– Wir müssen abwechselnd aufzählen, was schön ist. Erst ich, dann du, dann wieder ich, dann wieder du. Wer am wenigsten Schönes weiß, hat verloren. Du weißt schon, die Löwen.

– Oder die Bären.

– Genau.

Mit Bären und Löwen wollte Max wahrscheinlich nichts zu tun haben. Er hörte auf, mit seiner rechten Schuhspitze im Sand herumzustochern, und machte sich auf den Weg, er stapfte und versank und saß irgendwann wieder drüben auf dem Karussell. Ich selbst hatte auch keine Lust zu spielen, Schönesachenfinden passte einfach nicht zu dem, was ich neulich gesehen hatte. Aber kaum war Max am Karussell angekommen, fing Julia schon mit ihrem Schönen an, und ich hatte keine Wahl, ich musste mitmachen.

– Wenn dich ein Junge ansieht.

– Äh. Nebel auf dem Weg zur Schule.

– Die Farbe von Entenflügeln. Die leuchtenden Tupfen, du weißt schon.

– Mit Papa Musik hören.

– Wenn Papa nicht da ist.

– Wenn der Teig von Blaubeermuffins langsam lila wird.

– Von jemandem umarmt werden. Ganz fest.

– Felder.

– Wenn Morgen ist, und Max hat nicht ins Bett gemacht.

– Äh. Also. Wenn man nach dem Baden gut riecht.

– Ein Stück Melone.

– Straßenlaternen bei uns zu Hause.

– Hühner.

– Hühner? Hmmh. Der Mond. Zählt der extra? Ich hab doch schon Laternen gesagt.

– Wieso denn nicht? Also. Ein Brief, wenn man gar nicht auf ihn gewartet hat.

– Ein Brief, wenn man doch auf ihn gewartet hat.

– Ein Bild mit ... Moment mal, Mascha!

Plötzlich, mitten im Satz, war das Spiel aus. Julia sprang von der Holzburg und rannte wie ein aufgeschrecktes Tier zum Karussell, während ich nicht ganz so schnell hinterherlief. Dort war Max in eine wilde Schlägerei verwickelt, nur dass da gar kein anderer war, den er hätte schlagen können, er schlug und schubste und würgte die Luft und benutzte zum ersten Mal eine Sprache, die ich leider verstehen konnte, komm sofort her, schrie er, komm auf der Stelle her und sieh dir an, was du getan hast! Max war rot im Gesicht, seine Haare waren nass geschwitzt und hingen in schweren Strähnen vom Kopf. Um das Karussell hatten sich ein paar Erwachsene versammelt, aber nicht viele, und die meisten Kinder blieben einfach im Sand und spielten weiter.

Natürlich war es Pablo, den sich Max hier lauthals vorknöpfte, aber weil dieser Pablo beim besten Willen nicht zu sehen war, hatte die Prügelei etwas Gespenstisches. Und als Max brüllte, hau ab, hau endlich ab, bald kommst du sowieso ins Heim, drehten sich die ersten Mütter weg und kümmerten sich um ihre eigenen Kinder.

Julia stand blass neben mir, und ich erkannte ihren Gesichtsausdruck gleich wieder, ich hatte ihn erst vor drei Tagen gesehen. Sie war absolut reglos, aber wenn man richtig hinhörte, merkte man, wie sie zitterte, klackklackklackklackklack machten ihre Zähne, sie lärmten klappernd durch die Lippen hindurch, die Julia verzweifelt zusammenpresste. Max verprügelte Pablo immer noch, und ich wollte mir gar nicht vorstellen, wie der jetzt aussehen würde, wenn er einen richtigen Körper hätte, und was er jetzt fühlen würde, wenn er ein richtiges Herz hätte. Die Dinge, die Max brüllte, wurden nämlich immer schlimmer, du Fettsack, du elender Fettsack, wir haben dich hier nie gewollt!

In diesem Moment hörte Julia zu zittern auf. Sie ging auf Max zu und handelte sich gleich einige von den Schlägen ein, die eigentlich für Pablo bestimmt waren. Mit ihren dünnen Armen, die auch im Sommer unter langen Ärmeln versteckt waren, versuchte sie ihren tobenden Bruder festzuhalten, ganz still tat sie das und so ernst wie eine Erwachsene. Lass mich, schrie Max, lass mich los, du blöde Kuh, aber Julia ließ ihn nicht los, sondern presste ihre ganze Kraft in Max' runden Körper und ihre ganze Liebe gleich noch dazu, ist gut, sagte sie laut genug, dass auch ich es hören konnte, ist ja gut, Max. Und auch wenn nichts gut war hier, wirklich überhaupt nichts, wurde Max in Julias tränenloser Umarmung irgendwann ruhiger, unendlich langsam zwar, aber immerhin so, dass auch die letzten paar Herumstehenden kopfschüttelnd weggehen konnten, einer nach dem anderen. Und am Ende war ich dann die Einzige, der auffiel, dass Julia das rote Gesicht ihres Bruders streichelte und leise sagte, du willst das doch auch nicht, du willst doch auch nicht, dass Papa dich haut.

zwölf

Die Sache auf dem Spielplatz erinnerte mich daran, dass von allen Dingen, die ich nicht mochte, eines mit Abstand am schlimmsten war: dreizehn zu sein. Wenn man dreizehn war, musste man aufpassen, dass man in der großen Pause nicht alleine auf dem Schulhof stand, außerdem konnte man nichts, wirklich gar nichts gegen diese großen Pickel neben den Nasenflügeln tun. Man hatte sich gefälligst zu verlieben, auch wenn die Jungen in der Klasse alle noch wie zehn waren und die Älteren unerreichbar, und vor allem lieferte man Erwachsenen immer einen guten Grund, einem nicht zuzuhören. Man war ja noch so klein, und diese ganzen komischen Gedanken, die würden sich schon irgendwann verwachsen, besonders wichtig konnten sie jedenfalls nicht sein. Nicht, wenn man dreizehn war.

Das Dumme war nur, dass manche Dinge leider doch wichtig waren, und dann war es gut, wenn man jemanden hatte, der einem trotzdem mal zuhörte. Bei meinen Großeltern hatte ich in dieser Hinsicht nicht viel Glück gehabt, auch bei meinem Vater nicht, und sonst kannte ich hier niemanden richtig. Einen Tag nach Max' einsamer Schlägerei beschloss ich aber, es trotzdem noch einmal zu versuchen. Ich wollte einfach in Richtung der Brandners gehen und schauen, wen ich auf dem kurzen

Weg dorthin treffen würde, danach könnte ich ja weitersehen.

Ich traf tatsächlich viele Menschen, zumindest für Barenburg. Es waren genau drei. Dabei konnte man den Ersten von ihnen gar nicht mitzählen, diesen alten Radfahrer, der immer den speckigen Hut vor mir zog, aber noch nie ein Wort zu mir gesagt hatte und auch diesmal nur als freundliches Huschen zu erkennen war. Wer dann aber doch etwas zu mir sagte, das war der alte Herr Benrath, nur dass der irgendwie auch nicht zählte, denn er war nicht mehr ganz klar im Kopf und würde mir über die Brandners ganz bestimmt nichts erzählen können.

– Mascha, kommst du rein? Ich mach uns eine schöne Tasse Kaffee. Mit richtiger Sahne!

– Ein andermal, Herr Benrath, ich muss weiter, aber trotzdem danke.

– Mascha, Kindchen, nur eine kleine Tasse, das geht ganz schnell, nicht wahr.

– Herr Benrath, ehrlich, lieber nicht. Ich muss wirklich weiter.

– Ach was. Eine kleine Tasse Kaffee. Kommst du mit rein?

– Beim nächsten Mal, in Ordnung?

Herr Benrath war so alt wie alle Bewohner der Siedlung zusammen und stand den ganzen Tag runzlig und lungenkrank am Küchenfenster. Wenn jemand vorbeikam, raste er hinaus zum Gartenzaun und fragte diesen Vorbeikommenden mit seinen letzten paar Gramm Stimme, ob er zufällig, ganz zufällig, zum Kiosk ginge, dann könnte er ihm nämlich gleich neue Zigaretten mitbringen.

Herr Benrath muss auf diese Weise schon viel Geld verloren haben, denn er drückte jedem x-beliebigen Menschen seine Scheine in die Hand. Manche Jugendliche, die in der Nähe wohnten und hier vorbeikamen, kauften zwar wirklich Zigaretten, dachten aber nicht im Traum daran, sie Herrn Benrath dann auch zu geben. Herrn Benrath war das wahrscheinlich egal, denn ich glaube, dass er in Wahrheit nur auf seine Frau wartete, die so gut wie immer im Krankenhaus war und die ihm die Ärzte irgendwie nicht wiedergeben wollten.

Und weil ich zu jung war, um für ihn Zigaretten zu kaufen, bat er mich stattdessen um ein Gespräch mit richtiger Sahne. Bis jetzt hatte ich immer Nein gesagt, weil ich mir sicher war, in seinem verqualmten Wohnzimmer auf der Stelle zu ersticken und von niemandem je gefunden zu werden. Auch diesmal hatte ich keine Lust auf ein dermaßen verräuchertes Ende, aber anders als sonst drehte ich mich noch mal um und sagte was.

– Herr Benrath, Sie kennen doch die Brandners. Die wohnen doch gleich hier drüben.

– Christian und Heike, nicht wahr, gleich hier drüben.

– Hören Sie die manchmal?

– Nein, wieso?

– Aber Herr Benrath, Sie sind doch fast Nachbarn, da hört man doch mal was!

– Mascha, willst du nicht doch reinkommen? Ich hab Kaffee!

Und dann, nur für kurz, sah Herr Benrath überhaupt nicht mehr so durcheinander aus wie sonst, sein Gesicht wurde ganz jung und erschrocken, und er sagte zu mir, halt dich raus, Mascha, die Else haben sie deshalb weggejagt. Und gleich danach, nach dieser Handvoll Else-Sekunden, war er wieder der gewohnte Herr Benrath, der runzlig und keuchend seine Sahne anpries. Aber das kriegte ich gar nicht mehr richtig mit, denn ich hatte mich schon verabschiedet und war, noch ratloser als zuvor, einfach weitergegangen.

dreizehn

Wenn man aus einem Gespräch mit Herrn Benrath flüchtete und dann weiterging, hatte man gar keine Wahl, man landete am Gartenzaun von Frau Janssen. Frau Janssen rauchte nicht und benutzte ganz normale Kaffeesahne aus dem Supermarkt, das stellte ich mir zumindest so vor, weil sie nie etwas von Zigaretten und Sahne sagte. Dafür hatte sie eine ganz andere Angewohnheit, die gut zu dieser ganzen Siedlung passte und Frau Janssen sicherlich sehr beliebt machte. Sie bepflanzte ihren Vorgarten.

Sie tat das aber nicht nur einmal pro Jahreszeit wie die anderen hier, sondern einmal pro Woche. Wenn die Blumen, die sie gepflanzt hatte, älter als sieben Tage zu werden drohten, zog sie sie wieder aus der Erde und ließ ihren Mann den Boden umgraben, damit sie die nächsten Pflanzen einsetzen konnte.

Mit Blumenausreißen konnte man natürlich keinen ganzen Tag herumbringen, höchstens ein paar Stunden, und deshalb nutzte Frau Janssen die restliche Zeit, um die herausgerissenen Blumen an jene x-beliebigen Menschen zu verschenken, die sich kurz zuvor geweigert hatten, Zigaretten für Herrn Benrath zu kaufen. Sie war so etwas wie der billigste Schnittblumenhandel der Siedlung, und auch diesmal verschonte sie mich nicht mit ihren Sträußen.

– Komm, Kind, ein paar Astern für euch.

– Oma sagt, wir haben noch die Blumen von letzter Woche.

– Ach was, die sind Schnee von gestern.

– Die sehen gut aus, wirklich. Total rot.

– Hier, Kind, zehn kannst du doch tragen.

– Die sind aber noch richtig frisch, wirklich. Kann ich Sie mal was fragen?

– Ich hab dir einen Faden drumgebunden.

– Die zu Hause sehen wirklich noch ganz frisch aus. Frau Janssen, Sie kennen doch hier alle.

– Das täuscht, die sehen nur so frisch aus, Kind, in Wirklichkeit sind die verwelkt. Ganz innen sind die kaputt.

– Frau Janssen, ich will Sie doch nur mal was fragen.

– Ach, armes Ding. Schlimm, was damals mit deiner Mutter passiert ist.

Frau Janssen war diejenige aus der Siedlung, die das Armesding und das Schlimmwasdamals am längsten durchgehalten hatte. Alle anderen waren schon vor vier oder fünf Jahren ausgestiegen, weil ich nie etwas dazu sagte. Ich hätte gerne was gesagt, vor allem dann, wenn sie mir über den Kopf strichen, dann hätte ich am liebsten gesagt, streicheln Sie mal meinen Vater, das hat schon lange keiner mehr gemacht. Zu Frau Janssen sagte ich so etwas aber lieber nicht, sonst hätte sie mir jedes Mal gleich noch drei Extra-Sträuße mitgegeben.

In der Siedlung wusste fast jeder über meine tote Mutter Bescheid, denn sie war damals ausgerechnet in Barenburg gestorben, direkt im Garten meiner Großeltern. Ihr Tod hatte einen Zaun aus Eichenholz, schön sauber lackiert, an keiner Stelle kaputt. Und ich glaube, das war auch der Grund, warum mein Vater nie hierherwollte.

Dieses Bescheidwissen in den Gesichtern der Nachbarn, ich fand es fürchterlich. Die Leute hier hatten meine Mutter schließlich noch weniger gekannt als ich. Aber als ich diesmal vor Frau Janssen stand und mir ihre langweiligen Blumengeschichten anhören musste, da kam mir dieses Bescheidwissen gerade recht und ich bohrte weiter nach. Denn wenn sich hier schon jeder in allen örtlichen Leben auskannte, dann sollte mir wenigstens einer von ihnen, am besten gleich Frau Janssen, auch mal etwas darüber erzählen. Und da sie mir sowieso nicht richtig zuzuhören schien, fragte ich gleich ganz direkt:

– Die Kinder von den Brandners drüben, ich glaube, mit denen ist was.

– Was? Kind, was soll denn mit denen sein?

– Ich weiß nicht, ich glaube, die Eltern tun denen was.

– Die Brandners doch nicht! Ach Kind, was redest du denn da? Die waren vor vier Jahren sogar das Prinzenpaar beim Karneval, wir haben die ganze Straße für sie geschmückt.

– Wenn ich's doch sage. Ich hab das sogar gesehen. Durchs Fenster.

– Das wird ja immer schöner. Du schaust einfach in fremde Häuser?

– Ich hab die Schreie gehört, deshalb. Frau Janssen, Sie müssen doch auch mal was gemerkt haben. Die Brandners wohnen doch gleich hier drüben. Können Sie von hier aus gar nichts hören?

– Jetzt will ich dir mal was sagen. Hier war schon mal eine, die so was behauptet hat. Die hat gleich neben den Brandners gewohnt. Ist dann vor zwei Jahren zu ihrer Tochter gezogen, weil sie sich geschämt hat.

– Else.

– Die Lippkas Else, stimmt. Woher weißt du das? Na, wie auch immer, die Lippka hat dann jedenfalls gemerkt, was die anderen davon halten. Von solchen Verleumdungen. Also pass auf, was du sagst!

Frau Janssen sah wütend aus. Ihr Hals war vorn ganz rot geworden und das Grasbüschel, das vorhin noch in ihrer Hand gewesen war, lag längst auf dem Boden. Aber auch mich schien sie noch nie so gesehen zu haben wie jetzt, mag sein, dass ich blass aussah oder vor ihren Augen ein Jahr jünger geworden war, wer weiß. Auf jeden Fall wurde sie plötzlich sanfter und auch ein wenig leiser:

– Kind, das kann schon sein, dass da manchmal geschrien wird. Die Brandners haben Probleme mit ihren Kindern, das kommt in den besten Familien vor.

– Ja, Probleme, aber nicht so was. Das können dann nicht die besten Familien sein.

– Ach was. Das muss jeder selber wissen. Und außerdem, schau mal, den Kindern geht's doch gut, da hab ich schon von ganz anderen gehört. Max und Julia kriegen alles, was sie haben wollen, das weiß ich. Die haben immer saubere Sachen an und hinterm Haus einen großen Garten. Und die Brandners sind wirklich nette Leute. Mach dir mal keine Sorgen, da ist schon alles in Ordnung. Die – ach!, Christian, na, was machen die Lilien?

Da stand er, Herr Brandner. Etwa zwanzig Meter von uns entfernt, auf dem kleinen Weg neben seinem Hortensienvorgarten. Es war erstaunlich, wie ungeheuer schnell Frau Janssen ihr sanft gewordenes Gesicht zu einer fröhlichen Nachbarinnengrimasse umformen konnte, na, Christian, lassen die schon ihre Köpfe hängen? Und es war genauso erstaunlich, wie Herr Brandner lachend zurückrief, alles noch bestens, Roswitha, alles noch bestens, bei uns lässt keiner seinen Kopf hängen! Er sah ganz anders aus als neulich, so entspannt und gar nicht rot im Gesicht, fast nett sogar. Unter Erwachsenen ging er bestimmt locker als gut aussehend durch und als freundlich sowieso. Er sah einfach nur aus wie ein

Nachbar, der gut gelaunt über Lilien und Köpfe sprach.

Ich kam mir verloren vor, wie ich mit diesem Asternstrauß, den mir Frau Janssen dann doch heimlich in die Hand gedrückt hatte, dastand und weiter nichts als das Netz war in diesem hastigen Ballspiel aus Worten, Herr Brandner und Frau Janssen, Frau Janssen und Herr Brandner, hin und her und wieder zurück. Ich schaute zu dem Haus der Brandners und fragte mich, ob ich mir alles nur eingebildet hatte, und ich wollte mir auch schon die Antwort darauf geben, nämlich Ja.

Dann sah ich, wie sich hinter dem Fenster unterm Dach eine Gardine bewegte, fast nicht zu sehen, und da fühlte ich es. Ich meine, ich fühlte es *richtig*, am ganzen Körper, überall. Dieses Gefühl brachte meine rechte Hand dazu, Frau Janssen mit einem Ruck die Astern zurückzugeben und ihr damit das schöne Gespräch mit Herrn Brandner zu verderben. Aber was blieb mir anderes übrig, immerhin war mir soeben etwas klar geworden. Julia und Max, die interessierten hier wirklich niemanden.

vierzehn

Eins.
Eins.
Null.
Einseinsnull.

Ich wusste selbst, dass man nicht einfach so bei der Polizei anrufen durfte. Ruf nie aus Spaß bei der Polizei an, hatte meine Großmutter früher mal zu mir gesagt, die kriegen das raus, die wissen immer, wer dran ist, am Ende kriegen sie das raus. Die ärgern sich, hatte sie noch gesagt, die ärgern sich, wenn sie veralbert werden, und dann ärgern sie *dich*. Nach meinem Gespräch mit Frau Janssen war mir aber egal, ob mich irgendwer ärgerte, im Gegenteil, dann hätte mich wenigstens mal einer hier beachtet.

Die Frage war nur, was man sagte, wenn man so einen Polizisten dann tatsächlich in der Leitung hatte. Hallo, ich bin Mascha, und jetzt retten Sie gefälligst Julia und Max? Ich setzte mich auf das Gästezimmerbett, ein, zwei Stunden nach meinem nicht gelungenen Gespräch mit Frau Janssen, und überlegte.

Dann tippte ich die Nummer ein, einseinsnull, und legte gleich wieder auf, ohne auch nur das erste Tuten abzuwarten. Das ging nicht, das ging alles nicht. Das Handy rutschte aus meiner schweißnassen Hand und fiel aufs Bett, wo ich es ungefähr zehn Minuten anstarrte. Ich weiß nicht, warum ich es dann doch aufhob, sogar mit dem gleichen Ruck, mit dem ich Frau Janssen die Astern zurückgegeben hatte, aber ich nahm es dann endlich, das Handy, und tippte zum zweiten Mal einseinsnull.

– Polizeinotruf.

– Äh. Hallo?

– Wer spricht denn da?

– Ich hab was gesehen.

– Wie ist Ihr Name? Warte. Wie heißt du?

– Mascha. Mascha Wernke. Ich hab was gesehen.

– Ganz ruhig. Was hast du gesehen?

– Kinder hab ich gesehen, die haben blaue Flecken und auch was an der Stirn. Ich hab auch –

– Habt ihr euch geprügelt? Hört auf damit!

– Äh. Was?

– Was ist denn jetzt? Hier rufen ständig solche wie du an, heute schon drei.

Es gibt etwas in der Stimme von Erwachsenen, das mich durcheinanderbringt. Da ist dieser ganz bestimmte Ton, der für mich wie ein Lauern ist und den ich manchmal bei Lehrern höre oder sogar bei der Bäckersfrau. Dieser Ton schneidet mir die Worte in ganz kleine Stücke, ich fange an zu stottern und habe nichts mehr zu sagen, weil alles lächerlich klingt. Bei den Leuten, mit denen ich bis jetzt über Julia und Max geredet hatte, war mir das nicht passiert, wahrscheinlich, weil sie selber Angst hatten oder Wut oder sich zumindest nicht wohlfühlten in diesen Gesprächen.

Die Stimme des Polizisten war aber eine von diesen wortezerschneidenden, und mit jedem gestotterten Satz, den ich durchs Telefon schickte, machte ich alles nur noch schlimmer.

– Äh, also, nein. Ich ruf doch nicht, also, ich ruf doch nicht einfach so an!

– Was ist denn jetzt? Irgendjemand schlägt sich gerade. War's das?

– Nein, im Moment schlägt sich wahrscheinlich gar keiner. Aber es ist schon passiert, ja. Äh, na ja, und richtig, also, richtig oft sogar. Glaub ich.

– Mädchen, wie viele seid ihr? Ihr wollt mich verarschen, oder?

Und da passierte mir das Dümmste, was in diesem Moment passieren konnte. Ich fing an zu lachen. Das tat ich manchmal, wenn ich etwas Schlimmes erfuhr oder verzweifelt war oder mich einfach in einer unangenehmen Situation befand. In der Schule war einmal ein Lehrer, der Pausenaufsicht hatte, brüllend in meine lärmende Klasse gestürmt und hatte so wütend auf uns eingeschimpft, dass ich vor Schreck lachen musste. Danach sollte ich mich vor die Klasse stellen und wurde nun allein beschimpft, obwohl ich vorher, als die anderen laut gewesen waren, ruhig dagesessen hatte.

Und so war es diesmal auch, ich war so verzweifelt und ratlos, dass ich lachen musste und hinterher nur noch auflegen konnte, vergeigt, dachte ich, jetzt hatte ich alles, alles vergeigt. Und Julia und Max, die konnten überhaupt nichts dafür.

Die Sache war die: Ich kriegte es nicht hin. Ich schaffte es nicht, im richtigen Moment den Mund aufzumachen und von den richtigen Leuten gehört zu werden. Oder überhaupt von *irgendwelchen* Leuten. Ein paar Versuche startete ich noch, und ich redete auch noch mal mit meinen Großeltern. Aber alles umsonst. Keiner wollte irgendwas von Autohausbesitzern wissen, die ihre Kinder so sehr schlugen, dass die den ganzen Tag damit beschäftigt waren, ihre Wunden unter Haarsträhnen oder Pulloverärmeln zu verstecken.

Die Zeit, sie verging einfach.

Vier Wochen.

Das war es jetzt.

Ende.

Ich war müde, nur noch müde. Ich hatte keine Lust mehr, mich von allen wegschicken und ermahnen zu lassen. Wirklich, ich wollte einfach nur in Ruhe müde sein. Nichts tun. Gar nichts mehr tun. Nichts mehr fragen. Und ich hatte diesen Wunsch sogar dann noch, als Julia ein paar Tage später mit leichenblassem Gesicht und ganz ohne Kraft zu mir sagte, wolltest du schon mal weglaufen, ich würde gerne weglaufen, dahin, wo keiner hinkommt.

fünfzehn

Julias Gesicht war so bleich, dass mir vor Schreck keine Antwort einfiel, und nach einer Sekunde war mir sogar nicht mal mehr klar, welche Frage sie mir überhaupt gestellt hatte an diesem klebrigheißen Nachmittag. Ich starrte sie einfach nur an und sagte kein einziges Wort.

– Mascha?

– Was? Ach so, ob ich schon mal weglaufen wollte, keine Ahnung, wahrscheinlich nicht. Wo soll denn so ein Ort sein?

– Amerika vielleicht. Oder Hürssen, da wohnt einer aus meiner Klasse, dem geht's immer gut.

– Woher weißt du das denn?

– So was merkt man doch!

– Dann also lieber Hürssen. Das ist auch näher als Amerika.

– Man könnte mit dem Zug hinfahren, überall fahren Züge hin. Wir waren schon mal –

– Was denn, Julia, wo wart ihr schon mal? Seid ihr mal weggelaufen, habt ihr das schon mal gemacht?

– Spinnst du? Wir sind noch nirgends alleine hingefahren! Wir sind auch noch nie weggelaufen!

Die Art, wie Julia das sagte, ihr ängstlicher und gleichzeitig empörter Blick und auch der Laut, den Max ausstieß und der so klang, als hätte er etwas zu diesem Thema zu sagen, das alles brachte mich endgültig auf die Idee, dass Julia und Max doch schon mal weggelaufen waren. Und wenn schon, es war auf jeden Fall nicht weit genug gewesen, sonst wären sie ja jetzt nicht hier und würden ihre traurigen Gesichter nicht in die Spielplatzsonne halten. Julia saß wie immer neben mir auf der Holzburg und Max kniete ein paar Meter entfernt von uns im Sand und hantierte mit einer roten Kinderschaufel herum, die jemand dort vergessen haben musste. Ich konnte sein Gesicht nicht erkennen, denn er saß mit dem Rücken zu uns und hielt den Kopf gerade, so dass er die Schaufel und den Sand gar nicht sehen konnte. In seinem Nacken war eine große Speckfalte, die mich auf einmal rührte, obwohl sie wirklich nicht sehr schön war und auch gar nicht zu einem Siebenjährigen passte, solche Speckfalten kannte ich nur von alten Männern.

Ich selbst saß da und war im ganzen Körper schwer, meine Arme, meine Beine, meine Gedanken, alles fühlte sich so an, als würde ich mehrere Tonnen wiegen. Ich merkte wieder, dass ich Max nicht mehr beim Verrücktwerden zusehen wollte und Julia beim Ernstbleiben, und am liebsten hätte ich allein auf meiner Burg gesessen und meine Musik gehört, das hatte mir doch früher auch immer gereicht. Es war drückend heiß, und ab und zu wehte etwas vorbei, das man noch nicht mal als kleines Lüftchen bezeichnen konnte. Ein paar Bienen summten, ein Mädchen weinte und irgendwo in der Ferne fuhr ein Auto vorbei. Viel mehr passierte nicht an diesem frühen Nachmittag, dem letzten übrigens, den der Juli zu bieten hatte, denn morgen würde schon August sein. Auf dem Spielplatz waren noch weniger Kinder und Mütter als sonst, was sicherlich daran lag, dass es hier keinen richtigen Schatten gab. Max kniete immer noch im glühend heißen Sand, der ihm hätte wehtun müssen, aber er schien das gar nicht zu spüren, sicherlich, weil er eine Art Experte in Sachen Schmerzen war und ihm der heiße Sand nicht mal ein müdes Lächeln abringen konnte.

Und plötzlich, aus irgendeiner Laune heraus, die mich selbst überraschte, sagte ich zu Julia, komm, wir spielen wieder was, und auf Julias gelangweilte Frage, ja, aber was denn, antwortete ich, komm, wir spielen Weglaufen.

sechzehn

– Weglaufen spielen, wie meinst du das denn?

– Na, Weglaufen eben. Hast du doch noch nie gemacht, Julia.

– Aber wie spielt man das, Mascha? Entweder man läuft weg oder man läuft nicht weg. Das kann man doch nicht spielen.

– Wir müssen uns einfach alles vorstellen. Irgendwas Schlimmes, vor dem wir weglaufen müssen. Und dann stellen wir uns einen Rucksack vor, den wir gepackt haben. Und einen Stadtplan und dann noch einen Geldschein, falls wir unterwegs Hunger bekommen, wir müssen uns alles nur vorstellen. Und nach dem Weglaufen kommen wir einfach wieder zurück.

– Ich weiß nicht, wo sollen wir denn hinlaufen? Mir ist so warm.

– Keine Sorge, ich kenne da was! Ich weiß schon, wo wir hingehen können.

Man konnte Julia ansehen, was sie von der ganzen Sache hielt, lass mich bloß in Ruhe, Mascha, und nur ihr Bruder kniete seelenruhig im Sand und ließ sich nicht das Geringste anmerken.

Vielleicht wollte er mitkommen.

Vielleicht wollte er sich nicht von der Stelle rühren.

Vielleicht wollte er sich auch nur in den Sand legen und sterben, weil das letzte Mal so lange her war.

Doch dann sah er mich neugierig an, als ich flüsterte, ich habe aber eine Überraschung für euch, der Ort, wo wir hinlaufen können, der ist eine Überraschung und auch ein Geheimnis. Und endlich sah auch Julia interessiert aus, ein Geheimnis, okay, Geheimnis klingt gut, dann gehen wir eben.

Und dann gingen wir.

Dann spielten wir Weglaufen.

Wir stapften durch den Sand und liefen dann langsam und im Gänsemarsch einen Weg entlang, den nur ich kannte; ich ging vorneweg, hinter mir schlurfte Julia und dahinter schnaufte Max so laut, dass ich es vorn hören konnte.

Der Spielplatz lag am Rand der Siedlung, weshalb wir beim Weglaufenspielen nur an wenigen Häusern vorbeikamen. Wegen der Hitze waren die Fenster dieser Häuser hinter Jalousien versteckt, und hier draußen war außer uns niemand unterwegs, aber so konnte wenigstens keiner merken, was für jämmerliche Ausreißer wir abgaben. Wir trotteten durch die Gegend, mehr taten wir nicht. Aber etwas Besseres gab es nicht zu tun, und ein geheimer Ort war schon etwas anderes als ein gewöhnlicher Spielplatz, der immer gleich aussah und nicht mal ein bisschen geheim war.

Als wir die Häuser hinter uns gelassen hatten, kamen wir an einem Maisfeld vorbei, das uns grün überragte, und von Pflanze zu Pflanze wurde Max'

Schnaufen lauter. Dann verwandelten sich die Maispflanzen in Getreidehalme, und neben uns nahm alles die Farbe von grau schimmerndem, ungewaschenem Gold an.

Da war es. Das Gerstenfeld. Es war riesengroß, wie mindestens drei Fußballfelder zusammen. Die Halme gingen uns bis zu den Oberschenkeln, alles war so heiß hier und so endlos. Und mittendrin, mitten in diesem gewaltigen Getreidefeld, stand zum Ärger aller Mähdrescherfahrer und Gerstenpflanzen und sehr weit weg von uns ein kleines blaues Holzhaus, das nicht viel mehr als ein Schuppen war, aber zwischen den ganzen gelbgraubraunen Ähren wie eine zu groß geratene Kornblume leuchtete. Ich sagte zu Max und Julia, da vorn ist es, seht ihr es, und ich kriegte auch gleich die Antwort.

Die Antwort war Schweigen.

Eines, das noch schweigender war als damals vor vier Wochen auf dem Spielplatz.

Julia war überhaupt nicht beeindruckt, und als sie doch noch ein paar Worte für mich gefunden hatte, murmelte sie einfach nur, ach, das. Und dann sagte sie noch, dieses Haus kennt hier jeder, an dem kommt doch jeder irgendwann vorbei, alle, die drüben die Straße langfahren, können diesen komischen blauen Punkt sehen, da guckt schon gar niemand mehr hin. Und sogar Max nickte ein enttäuschtes Nicken, wer weiß, was er sich unter einem geheimen Ort vorgestellt hatte, irgendwas mit Schokolade oder so, aber auf keinen Fall einen

Feldrand mit Blick auf einen blauen nutzlosen Schuppen, den er schon hundertmal gesehen hatte. Er nahm sich ein paar Getreidehalme, zog die Körner mit den Fingern ab und warf sie dann auf den Boden. Julia hatte schlechte Laune und stand unschlüssig auf dem staubtrockenen Feldweg.

– So, Mascha, und was jetzt?

– Na, das hier.

– Aber was sollen wir denn hier? Rumstehen und auf das Haus gucken?

– Hab ich doch gar nicht gesagt.

– Komm, Mascha, wir hauen wieder ab. Wir kennen das schon. Ehrlich. Alle hier kennen das Haus.

Ich hatte mir alles ein wenig anders vorgestellt. Klar, meine Idee vom gespielten Weglaufen war bestimmt nicht die beste gewesen, aber so ein blaues Haus, das war schon was, und am liebsten hätte ich geweint oder geschrien oder mich mit voller Wucht ins Gerstenfeld geworfen. Mir schossen ein paar gemeine Gedanken durch den Kopf und ich war kurz davor zu sagen, dass Max und Julia den geheimen Ort dann auch nicht verdient hätten, los, dann gehen wir wieder. Als ich aber Max sah, dessen rot schwitzendes Gesicht einen geheimen Ort ziemlich gut vertragen konnte, überlegte ich es mir schnell anders und sagte, ja, okay, alle kennen das Haus, aber nur einer hat den Schlüssel dazu, und das bin übrigens ich.

siebzehn

Ich hatte das blaue Haus vor zwei Jahren entdeckt, das heißt, richtig entdeckt hatte ich es da nicht, denn auch ich kannte das Haus ja schon ewig. Es gehörte zu der Siedlung wie die gut geharkten Vorgärten, und das Feld, in dem es stand, wäre selbst so etwas wie ein großer Vorgarten der Siedlung gewesen, hätte es dazwischen nicht noch dieses grüne Meer aus Maispflanzen gegeben.

Ich hatte das Haus also nicht erst vor zwei Jahren entdeckt, mir war zu dieser Zeit nur die Idee gekommen, dass man mit blauen Häusern in Gerstenfeldern mehr anstellen konnte, als sie anzugucken. Man konnte sich nämlich ebenso gut durch das Getreide kämpfen und dann, wenn man endlich am Haus angekommen war, merken, dass die Tür abgeschlossen war. Man konnte dann durch Zufall diesen großen Stein finden, gleich neben der Tür, und ihn anheben und darunter einen rostigen Schlüssel sehen. Man konnte als Nächstes herausfinden, dass das Häuschen unmöglich jemandem gehören konnte, so schmutzig, wie es innen war. Und man konnte dann eine Weile nachdenken und zu guter Letzt beschließen, dass das Haus ab sofort einen neuen Besitzer haben würde, und der war man selber.

Es war gut, dass ich einen Schlüssel hatte, denn

so schienen mir Julia und Max auf einmal zu glauben, dass es einen guten Platz für uns gab, einen, an dem man nicht nur herumstehen musste, sondern sogar einen ganzen Nachmittag verbringen konnte. Wir liefen weiter den Weg entlang, bis das Feld zu Ende war, bogen dann nach links ab und liefen wieder eine Weile, erst dann gingen wir ins Feld hinein. Ich hatte schon vor zwei Jahren gemerkt, dass man sich, wenn ein blaues Haus ein geheimer Ort bleiben sollte, auch so geheim wie möglich dorthin bewegen musste. Und wenn man in Getreidefeldern schon mit jedem Schritt eine Spur hinterließ, dann sollten diese Spuren wenigstens nicht auf den ersten Blick zu sehen sein.

Unter unseren Füßen knackten die Halme, über unseren Köpfen brannte die Sonne, und als wir schließlich am Haus angekommen waren und ich die Tür aufgeschlossen hatte, hörte ich hinter mir jemanden etwas ungeheuer Normales sagen. Und auch wenn es eigentlich gar nicht sein konnte, dieser Jemand war kein anderer als Max, der laut rief, oh Mann! Er schob sich an mir vorbei und ging dann langsam und sehr vorsichtig durch den Raum, als hätte er Angst, mit seinen Füßen irgendetwas kaputt zu machen. Dabei gab es hier gar nicht so viel, nur ein paar alte Möbel, und die hatten schon ganz andere Dinge ausgehalten. Damals hatte ich das Haus, in dem nur eine große klamme Matratze gelegen hatte, eine ganze Woche lang sauber gemacht, mit einem Handbesen, einem alten Lappen und viel zu wenig Wasser, das ich in Plastikflaschen mitgebracht hatte.

Wenn ich Angst vor Spinnen gehabt hätte, wäre ich wahrscheinlich schon am ersten Tag wieder umgekehrt und hätte das blaue Haus ein blaues Haus sein lassen. Der ganze Raum war voller Spinnweben gewesen, die ich mit langen Stöcken nach und nach aus den Ecken geholt hatte. Ich hatte die alte Matratze nach draußen geschleppt, ausgeklopft und mit einem orangeroten Bettlaken verschönert, und ich hatte auch das einzige Fenster geputzt, das so verdreckt gewesen war, dass man es schon gar nicht mehr als Fenster erkennen konnte. Draußen vor dem Fenster war ein geschwungenes Gitter angebracht, wer weiß, am Ende hatte hier jemand mal etwas Wertvolles versteckt, Edelsteine oder so, und die Matratze hatte er dann gebraucht, um ab und zu Wache zu halten.

Inzwischen waren noch viel mehr Dinge im blauen Haus, und die meisten hatte ich damals auf dem Sperrmüll gefunden: den gestreiften Fransenteppich, die Stehlampe, die nie Strom bekam, das kleine Regal und das ausgebleichte Gemälde mit dem Goldrahmen. In einer Ecke stand ein Eimer, der noch vom Putzen stammte, und im Regal gab es eine Wolldecke, einen Stapel alter Lucky-Luke-Comics und dann auch noch eine Blechdose mit Keksen und eine Flasche Cola. Die Kekse und die Cola, die jetzt bestimmt kochend heiß war, hatte ich am Anfang der Ferien hierhergebracht, und jetzt waren sie immer noch hier, weil ich seitdem nicht mehr zum blauen Haus gegangen war.

Ich selber hatte mich schon an diesen Raum gewöhnt. Aber als ich Julia und Max sah, dachte ich auf einmal, dass das hier wirklich schön war, alles passte so gut zusammen und hatte einen Ausruf wie *Oh Mann!* wirklich verdient. Das Orange des Bettlakens leuchtete, und das Goldrahmenbild und das Regal und die Lampe, sie waren am richtigen Platz, obwohl mir das früher nie aufgefallen war. Der Raum sah plötzlich wie ein Ort aus, an dem man getrost bleiben konnte, an dem sogar Julia und Max bleiben durften, einfach so, und Julia schien sich tatsächlich wohlzufühlen und ließ sich sofort auf die Matratze fallen, Mascha, rief sie, das ist ja Wahnsinn hier, kann man die Kekse noch essen? Max sagte gar nichts. Er blieb stehen und tat fast nichts. Aber eines, etwas unheimlich Kleines, tat er eben doch. Er stand da und lächelte.

achtzehn

Es war heiß im Raum und es roch alt und muffig, wahrscheinlich nach dem feuchten Holz des Hauses, das schon viele Regengüsse auf dem blauen Buckel hatte. Tür und Fenster standen offen, aber da es draußen keinen Wind gab, nützte das nicht viel. Trotzdem war die Hitze hier drinnen eine andere, es war leichter, sie auszuhalten, und auch der Geruch war nur in den ersten Minuten schlimm. Max schwitzte zwar immer noch und hatte einen roten Kopf, aber atmete ganz ruhig. Er ging zum Regal und nahm die Lucky-Luke-Comics heraus, aber nicht alle auf einmal, sondern Heft für Heft, wie etwas sehr Kostbares.

Julia lag immer noch auf der Matratze und redete, ihre Laune hatte sich schlagartig gebessert. Max, der jetzt auch noch die Keksdose auf dem Comicstapel platziert hatte, legte sich neben Julia und fing sofort zu lesen und zu kauen an. Und weil an Julias anderer Seite noch genügend Platz war, legte ich mich neben sie und sagte, komisch, so ein Haus im Getreidefeld, oder?

– So komisch ist das gar nicht. Mama hat mir das mal erklärt.

– Deine Mama?

– Ja, wieso, meine Mama. Sie hat gesagt, dass

auf den Feldern manchmal Stellen sind, wo nichts wächst, wo nur Sand ist oder so. Das hat irgendwas mit der Eiszeit zu tun, glaube ich.

– Eiszeit, hmmh. Aber man baut das Haus doch trotzdem nicht einfach so.

– Weiß nicht, Mascha. Manchmal muss man Geräte unterstellen.

– Einen Mähdrescher, oder was?

– Höchstens einen ganz kleinen.

– Die Matratze hier, weißt du, die lag schon drin, als ich das Haus gefunden habe. Wer braucht denn ein Haus mit einer Matratze mitten in einem Feld? Hast du das Gitter gesehen?

– Vielleicht war hier mal jemand gefangen. Eine Prinzessin?

– Klar, oder ein Drache.

– Oder ein Getreidedieb. Der wurde dann gleich hier im Feld eingesperrt, nicht schlecht.

Dann wurde Julia auf einmal still, und nach einer Weile sagte sie, wenn ich so ein Haus hätte, ich wär die ganze Zeit hier. Mir selbst ging es irgendwie anders. Damals hatte es Spaß gemacht, das Haus sauber zu machen und Sachen zu besorgen, die man hineinstellen konnte. Es hatte eigentlich auch Spaß gemacht, hier einfach nur zu *sein* – zu lesen, Musik zu hören, gar nichts zu tun. Die ersten paar Male war das wirklich schön gewesen. Aber dann fiel mir etwas auf. Ich war hier noch mehr allein als zu Hause bei meinem totenstillen Vater, noch mehr allein als in der menschenleeren Siedlung meiner Großeltern. Das brauchte ich nun wirklich nicht, nein, schönen Dank auch. Und seit ich das gemerkt hatte, ging ich nur noch selten hierher, und das Beste an diesem Haus war eigentlich, dass es existierte und dass es mir gehörte, ob ich nun drin war oder nicht.

Max lachte laut. Sein Lachen klang ganz hell und froh und nicht wie das Lachen von jemandem, der ab und zu unsichtbare Freunde verprügelte. Er nahm sich pausenlos Kekse aus der Dose, die auf seinem Bauch lag, und las mit leuchtenden Augen in einem der Comics. Auch Julia nahm sich immer wieder einen Keks und wollte plötzlich wissen, ob ich meine Musik dabeihätte. Ich gab ihr meinen MP3-Player, und Julia setzte sich die Kopfhörer auf die Ohren und drehte Leonard Cohen so laut auf, dass auch ich ihn hören konnte.

Ich machte die Augen zu und lauschte, *Baby, I've been waiting, I've been waiting night and day*, es war das Lieblingslied meines Vaters, *Waiting for the Miracle*, und ich lag da und hielt die Luft an. Mit meinen geschlossenen Augen konnte ich sehen, wie mein Vater aufgeregt in unserer Küche saß und mir das Lied übersetzte, ich konnte hören, wie er von diesem Mann erzählte, der die ganze Zeit wartet und eine Frau liebt und sie in Wahrheit nicht liebt und sie irgendwann heiraten will.

Damit das Warten nicht so anstrengend ist.

Das Warten auf ein Wunder.

Ich lag auf der Matratze, die so alt und muffig roch wie das ganze Haus, hörte Max' Lachen und Leonards Wunder, und da war ja immer noch mein Vater am Küchentisch, der selber auf ein Wunder wartete, nur dass es leider nicht kommen würde, das war ihm vollkommen klar. Mein Vater hatte damals, als wir das Lied zusammen hörten, Tränen in den Augen gehabt und sich danach ein paar Tage in seinem Arbeitszimmer verkrochen, er war wirklich einer, der weinte, und man wusste nie, wann es wieder losgehen würde, manchmal brauchte er dafür nichts weiter als ein Lied. Das Komische war aber, dass mich mein weinender Vater jetzt, als ich neben Max und Julia lag, auf einmal nicht mehr traurig machte, und wahrscheinlich hatte mein Vater überhaupt keine Ahnung, am Ende war die Sache mit den Wundern ganz anders und es gab sie doch, am Ende –

Als ich aufwachte, war alles ganz still. Ich weiß nicht, wann ich eingeschlafen bin und ob Max und Julia da noch wach waren, aber jetzt schliefen sie, und sie sahen dabei so friedlich aus, so aufgehoben, wie ich mich vorhin neben ihnen gefühlt hatte.

Ich stand leise auf und merkte, dass ich todmüde war, so wie zu Hause, wenn ich morgens viel zu lange geschlafen hatte. Meine Augen brannten, meine Stirn schlief noch, nur meine Beine waren wach. Aber auch die hätten ruhig müde sein können, denn im Moment brauchte ich sie nicht. Ich blieb stehen und wagte es kaum zu atmen, damit Julia und Max nicht aufwachten. Max sah aus wie ein sehr kleines Kind und atmete ruhig und gleichmäßig, nur manchmal schnarchte er leise und zuckte dann zusammen. Er lag auf dem Rücken und hatte Lucky Luke auf dem Bauch, zusammen mit tausend Krümeln und einer leeren Keksdose. Julia hatte immer noch die Kopfhörer auf den Ohren, die Musik war längst aus. Sie hatte sich zusammengerollt, aber nicht wie jemand, der Angst hat, nein. Eher wie jemand, der nichts mehr zu befürchten hat, weil draußen jemand Wache hält.

Und auf einmal kam mir der Gedanke, dass man Menschen beschützen kann. Ich drehte mich um und schlich zur Tür. Draußen stand die Sonne schon tiefer und warf leuchtende Flecken auf das Feld. Es gab jetzt sogar einen leichten Wind, der in kleinen graugelben Wellen durch die Gerste zog. Es gab den Gesang der Amseln und ein Autohupen in der Ferne, es gab mein schlagendes Herz.

Ich schloss die Tür.

Drehte den Schlüssel zweimal herum.

Und dann rannte ich.

neunzehn

Auf dem Weg zu meinen Großeltern hatte ich glühende Wangen, und die stammten sicherlich nicht nur von der Hitze, die immer noch über der Siedlung hing. Da waren so viele Dinge, an die ich denken musste, und es war ein Wunder, dass die ganzen Gedanken überhaupt in die kurze Zeit passten, die ich zum Laufen brauchte. Und egal, was ich dachte, immer hatte es damit zu tun, dass ich, ohne es richtig zu merken, Julia und Max gerettet hatte oder zumindest gerade dabei war, es zu tun. Von nun an brauchten sie keine Angst mehr zu haben, vor niemandem, dafür hatte ich gesorgt.

Ich rannte so froh und aufgeregt nach Hause, dass ich beinahe hingefallen wäre, und wenn schon, egal, ich rannte und dachte und rannte und glühte. Alles war anders geworden, die ganze Welt hatte sich verändert, die ganze Siedlung, und das nur, weil ich eine alte blaue Tür zugeschlossen hatte. Auf einmal gab es eine Lösung, und ich hatte nicht mal einen Plan machen müssen, die Sache war einfach so passiert. Keiner würde Max mehr gegen die Wand stoßen oder Julias Bauch wehtun, keiner, und wahrscheinlich hätte ich noch stundenlang so weiter nachgedacht, wenn ich nicht plötzlich zu Hause gewesen wäre und meine Großmutter nicht diesen verärgerten Blick gehabt hätte,

Mascha, du bist zu spät, wir wollten doch heute grillen!

Meine Großeltern saßen draußen im Garten und hatten schon angefangen zu essen, und ich setzte mich dazu und merkte, dass ich großen Hunger hatte. Wie ging es wohl Julia und Max? Hungrig waren sie sicher auch, vor allem Max, der ja aus nichts anderem zu bestehen schien als aus Hunger und Wut. Mir fielen die Kekse ein, die die beiden gegessen hatten, und das beruhigte mich, das war besser als nichts.

Auf einem Teller in der Mitte des Gartentisches lagen sehr viele Bratwürste, und vom Kartoffelsalat war auch noch genug da, weil meine Großmutter abends immer nur so tat, als würde sie etwas zu sich nehmen. Und obwohl mein Magen leer war und schon ein paarmal richtig laut geknurrt hatte, konnte ich auf einmal auch nur noch so tun, als würde ich essen, wirklich, ich dachte die ganze Zeit an Julia und Max und daran, dass jetzt vieles besser werden würde.

Alles war so leicht gewesen, alles hatte sich von selbst erledigt! Ich kriegte keinen Bissen runter, und normalerweise hätte meine Großmutter jetzt gesagt, warum isst du denn nichts, Kind, kein Wunder, dass du so klein bist! Aber stattdessen musste sie mich ausgerechnet an diesem Abend fragen, warum ich denn so spät nach Hause gekommen wäre und ob ich mich wieder mit diesen Kindern getroffen hätte.

– Äh. Welche Kinder meinst du denn, Oma?

– Die Brandner-Kinder, mit denen bist du doch jetzt oft zusammen.

– Ach die. Die waren heute nur ganz kurz auf dem Spielplatz. Sind dann gleich wieder gegangen.

– Komisch, neulich waren sie dir noch so wichtig.

– Ja, aber jetzt sehen wir uns gar nicht mehr so oft.

– Wie auch immer, ich muss jetzt jedenfalls zu den Landfrauen, danach treffen wir uns noch auf ein Glas, weißt du ja. Opa geht zum Stammtisch. Kommst du allein zurecht?

– Klar. Ich bin sowieso müde und geh bestimmt früh ins Bett.

– Schön, dann sehen wir uns zum Frühstück. Und jetzt iss mal noch was, Kind.

Ich war nie eine gute Lügnerin gewesen und hatte deshalb meistens die Wahrheit gesagt, früher, vor diesem Nachmittag im blauen Haus. Wenn ich doch mal eine Lüge probiert hatte, war ich immer irgendwo in der Geschichte steckengeblieben, weil beim Lügen so viel zusammenpassen musste, am besten alles. Jedes Mal hatte es den Moment gegeben, in dem ich zusammen mit meiner Geschichte ins Stolpern gekommen bin, und weil solche Momente so peinlich sind, hatte ich das Schwindeln meistens gelassen.

Heute war das aber ganz anders gewesen, und ich war fast ein wenig erschrocken darüber, wie leicht und gar nicht verkehrt sich meine Lüge angefühlt hatte, fast wie die Wahrheit. Als meine Großmutter ihren Teller in die Küche gebracht hatte und dann noch mal raus in den Garten kam, rechnete ich aber trotzdem damit, dass sie sagen würde, so, Mascha, wir haben alle mitgespielt, und jetzt mal raus mit der Sprache, was hast du mit den Brandner-Kindern angestellt? Sie sagte es aber nicht, sondern erinnerte mich nur daran, die restlichen Bratwürste einzufrieren und den Kartoffelsalat in den Kühlschrank zu verfrachten.

Was ich natürlich nicht tat. Ich wartete, bis meine Großmutter verschwunden war und auch mein Großvater die Tür hinter sich geschlossen hatte, dann packte ich die lauwarmen Bratwürste in eine Plastikdose und fand auch noch eine andere Dose für den Kartoffelsalat. Aus der Speisekammer holte ich drei Wasserflaschen und zwei Tafeln von der Schokolade meines Großvaters, Halbbitter und Traube-Nuss; ich stopfte alles in meinen Rucksack und legte noch zwei Löffel und eine Wolldecke und am Ende auch noch zwei Kuscheltiere dazu, die meine Großeltern vor vielen Jahren im Gästezimmer deponiert hatten.

In einem Film hatte ich mal gesehen, wie jemand, der sich nachts heimlich aus seinem Haus schleichen wollte, lauter Sachen unter seine Bettdecke gestopft hat, damit alle denken, er schläft. Das tat ich jetzt auch, mit all meinen T-Shirts und Hosen, die ich im Koffer finden konnte. Wahrscheinlich war das gar nicht nötig, denn sobald ich im Bett lag, schauten meine Großeltern normalerweise nicht noch einmal nach mir. Aber es konnte ja sein, dass sie heute eine Ausnahme machen würden, und überhaupt, sicher war sicher. Das Fenster im Gästezimmer lehnte ich nur an, so dass ich später einfach ins Haus klettern konnte. Zum Glück wohnten meine Großeltern in einem dieser Bungalow-Häuser, in denen sich das Leben auf einer einzigen Etage abspielte, zu ebener Erde, sonst hätte ich ein Problem gehabt.

Als ich alles aufgeräumt hatte und schon fast draußen war, fiel mir ein, dass es in ein paar Stunden dunkel sein würde. Im blauen Haus wäre es dann stockfinster, was Max und Julia bestimmt nicht gefallen würde, ich selber hätte das auf keinen Fall gemocht. Aus der Schublade im Flur kramte ich die alte, schwere Taschenlampe meines Großvaters und stopfte sie in meinen Rucksack, dann ging ich endgültig aus dem Haus und spürte es wieder.

Dieses Klopfen und Klopfen in meiner Brust.

Sonst war Stille, nur in der Ferne hörte man jemanden lachen. Irgendwo bellte ein Hund, es roch nach Blumen und nach gegrilltem Fleisch.

zwanzig

Eigentlich gab es einen Schleichweg zum Gerstenfeld, einen anderen und versteckteren und vor allem kürzeren Weg als den, den ich mit Julia und Max genommen hatte. Trotzdem entschied ich mich für einen Umweg und ging durch die Siedlung, irgendwas zog mich zum Haus der Brandners und ich glaube, es war nichts anderes als Neugier. Ich war mir sicher, dass ich niemandem begegnen würde, ich wollte nur das Haus sehen, in dem zwei ganz bestimmte Erwachsene vor kurzem gemerkt haben mussten, dass ihre Kinder nicht nach Hause gekommen waren.

Was ich sah, war aber viel mehr als nur das Haus. Vor der geöffneten Tür stand eine dünne Frau, die ängstlich wirkte, fast wie ein Tier. Unter ihrem einen Auge sah ich eine große lilagelbe Fläche, und als mich die Frau sah, verdeckte sie die Stelle schnell mit ihren langen Haaren. Von drinnen hörte ich jemanden brüllen, wehe, wenn die nach Hause kommen, dann können die was erleben!, und als die Frau merkte, dass ich das Brüllen mitgekriegt hatte, machte sie kurz die Augen zu, atmete durch, drehte sich dann um und ging zurück ins Haus. Das also war sie. Die Mutter von Julia und Max. Ich hatte sie nie zuvor gesehen, anders als Herrn Brandner, der mir irgendwie bekannt vorgekommen war. Wehe, wenn die nach Hause kommen! Ich hätte Herrn Brandner sagen können, dass er damit nicht zu rechnen brauchte, keine Sorge, das war vorbei, das ganze Schlagen und Schubsen, das alles hatte jetzt ein Ende.

Ich sagte aber nichts und ging weiter, lief zum Spielplatz, kam an den letzten paar Häusern der Siedlung und dann am Maisfeld vorbei, bis ich wieder an dem riesigen Gerstenfeld war. Die Sonne stand tief und leuchtete orange, der ganze Himmel glühte, und hier und dort flog eine Krähe durch all die schönen Farben. Ich freute mich auf Max und Julia, sie hatten bestimmt längst begriffen, wie gut jetzt alles war.

Als ich die Tür geöffnet hatte und in den einzigen Raum des Häuschens ging, fiel mir als Erstes dieser neue Geruch auf, von dem mir fast übel wurde. Es roch, als hätte jemand in die Hose gemacht, und da wurde mir schlagartig klar, dass es hier kein Klo gab. Mein Blick fiel auf den Eimer rechts in der Ecke, und da wurde mir noch etwas anderes klar, ich wusste jetzt, woher der Geruch kam. Erst dann sah ich die Augen, insgesamt vier, und zwei davon schauten mich ängstlich an. Was ich in den übrigen beiden Augen fand, war etwas vollkommen anderes. Was ich sah, war Funken sprühende Wut.

einundzwanzig

Wo warst du, schrie mich Julia an, wo bist du gewesen, wowarstduwowarstdu, und ich konnte von Glück reden, dass ich die Tür gleich wieder abgeschlossen hatte, sonst wären die beiden auf und davon gewesen. Bist du bescheuert, du bist doch blöd, Mascha, wieso hast du das gemacht, warum hast du uns eingesperrt? Julia war gleich auf mich zugestürzt, hielt mich jetzt an den Schultern fest und schüttelte mich, während Max auf der Matratze saß und gar nichts sagte. Er hielt sich die Ohren zu und konnte wahrscheinlich trotzdem alles hören, denn er zuckte bei jedem von Julias Worten zusammen. Es war wirklich unheimlich, Julia so zu erleben.

– Mascha, du kannst uns doch nicht einfach einsperren. Bist du wahnsinnig geworden?

– Äh, also, lass mich doch auch mal was sagen, hör mir doch erst mal zu!

– Wieso zuhören, kannst du dir vorstellen, was Papa mit uns macht, wenn wir so spät nach Hause kommen?

– Er wird gar nichts machen. Er weiß, dass ihr hier seid.

Vielleicht sollte man jedem, der nicht gut lügen kann, empfehlen, einfach mal damit anzufangen, denn gleich ab der zweiten Lüge ist alles ganz leicht und man kann in aller Ruhe das Blaue vom Himmel erzählen. Bei mir war das so, zumindest, was meine zweite Lüge angeht. Die war schnurstracks aus meinem Mund herausgefallen, sie war ein Kinderspiel gewesen, nur leider war sie auch absolut blödsinnig, und kein Mensch auf der Welt würde je darauf hereinfallen. Ich hatte nicht nachgedacht, wie auch, es war ja keine Zeit dafür gewesen. Ich hatte einfach irgendwas gesagt, ich wollte nur, dass das Schimpfen aufhörte, und es hörte ja auch auf, kaum war die Lüge ausgesprochen, wurde Julia leiser und fragte hastig, was?

Ich hatte zweieinhalb Sekunden Zeit.

Zweieinhalb Sekunden, um mir eine Geschichte auszudenken, die meine schnelle Antwort nicht ganz so abwegig klingen ließ, denn warum um alles auf der Welt sollte Julias und Max' Vater denn nichts dagegen haben, dass seine Kinder jetzt in einem Getreidefeld wohnten? Es musste eine Geschichte sein, in der alles zusammenpasste, es musste die beste Geschichte sein, die es je gegeben hatte, und zweieinhalb Sekunden lang wirbelten die Menschen in meinem Kopf herum, meine Großeltern mit ihren Abendgläschen und mein Vater zu Hause am Küchentisch und der brüllende Herr Brandner und vor allem Frau Brandner, die ängstlich vor dem Haus stand und die Augen schloss, Frau Brandner mit dem lilagelben Gesicht, Frau Brandner –

Und dann wusste ich, was ich sagen musste. Ich holte Luft und stieß hervor, eure Mama musste ins Krankenhaus, es war ganz einfach, das zu sagen, und es war wahrscheinlich genauso einfach, es zu glauben, denn Max begann sofort zu wimmern, und Julias Gesicht wurde ganz ernst und hart, sie fragte:

– Woher willst du das wissen? Mama geht's gut!

– Ich hab auf dem Weg nach Hause euren Papa getroffen, der hat es mir erzählt.

– Was hat er gesagt? Hast du Mama gesehen? Hat sie wieder geblutet, sah sie schlimm aus?

– Eure Mama saß schon im Auto, die hab ich nicht gesehen. Euer Papa wollte gerade losfahren und war froh, dass er mich noch getroffen hat.

– Mama.

– Julia, mit eurer Mama ist bestimmt nichts Schlimmes passiert. Die im Krankenhaus wollen nur mal nachschauen oder so. Und euer Papa hat mich gefragt, ob ich auf euch aufpassen kann.

– Hier?

– Zu meiner Oma und meinem Opa könnt ihr nicht, die sind gerade nicht da. Ihr müsst erst mal hierbleiben.

– Hier stinkt's aber, Mascha. Max hat Angst, und ich auch. Und Hunger, hast du was zu essen?

– Ja, eure Eltern hatten gegrillt und euer Papa hat mir etwas für euch mitgegeben.

– Mascha, ich ... wir ... ich versteh das nicht. Sonst sind wir mit Papa immer alleine, wenn er Mama ... wenn Mama also ... wenn wieder was mit Mama ist.

– Ich weiß ja auch nicht, wieso er mich gefragt hat. Bestimmt war sonst keiner da. Ich hab mich ja selber gewundert.

– Mascha, sonst fährt Mama doch immer alleine zum Arzt, sonst geht das doch auch!

Um nichts dazu sagen zu müssen, holte ich schnell die Plastikdosen aus meinem Rucksack, und Julia sah verwundert aus, Mascha, was sind das für Dosen, unsere sehen doch ganz anders aus. Ich tat so, als hätte ich die Frage nicht gehört, und packte gleich noch die Schokolade und das Wasser aus. Im Haus war es dunkler geworden, aber Licht brauchten wir noch nicht, also ließ ich die Taschenlampe im Rucksack, holte nur die Löffel heraus und gab sie den beiden.

Julia setzte sich zu ihrem Bruder auf die Matratze und teilte mit einem der Löffel das Essen auf, bis in jeder Dose gleich viel Kartoffelsalat und gleich viele Bratwürste waren. Max löffelte gierig den Kartoffelsalat, schien sich aber vor der Wurst zu fürchten. Er berührte die erste davon ganz vorsichtig mit dem Zeigefinger und betastete sie an mehreren Stellen, bevor er hineinbiss und sie ganz langsam aß.

Auch Julia aß behutsam, aber bei ihr sah das nicht ängstlich aus, eher vornehm, was zu dem kleinen Häuschen und seinem Geruch irgendwie nicht passen wollte. Erst jetzt sah ich, dass sich Max vorhin eine der beiden Schokoladentafeln geschnappt haben musste und sie fast vollständig unter seinen Po geschoben hatte. Ich konnte nur hoffen, dass er Traube-Nuss erwischt hatte, denn Zartbitter zählte ja eigentlich gar nicht richtig als Schokolade, und fast ärgerte ich mich, dass ich die Tafel überhaupt mitgebracht hatte.

Ich stand da, sah Max und Julia essen und das Stückchen Himmel in dem kleinen Fenster, das durch die Gitterstäbe in Scheiben geschnitten wurde, immer dunkelblauer werden. Die Colaflasche im Regal war leer. Ich dachte an das heiße, klebrige Gesöff und schob eine der Wasserflaschen in Richtung der Matratze, wo sie auch gleich von Julia geöffnet und zur Hälfte geleert wurde.

Da war er wieder.

Der Geruch, den ich aus den Unterführungen meiner Stadt kannte.

Ich konnte mir nichts Ekligeres vorstellen, als den Eimer, der in der Ecke stand, auch noch in die Hand zu nehmen und ihn irgendwo draußen auszukippen. Aber ich wusste, dass ich das tun musste, sonst konnten Max und Julia hier unmöglich bleiben. Die beiden aßen noch und beachteten mich nicht, also atmete ich nur noch durch den Mund, nahm den Eimer und schloss die Tür auf. Draußen kippte ich den Eimer so schnell wie möglich ins Feld und hoffte, dass aus den Gerstenhalmen, die ich getroffen hatte, später nicht das Bier meines Großvaters gebraut würde.

Als ich zurück im Haus war, sah alles noch wie vorher aus, außer dass es durch die Dunkelheit jetzt schwerer zu erkennen war. Julia sah erst auf mich und dann auf den Eimer in meiner Hand und sagte leise, danke. Max war mittlerweile ganz mit seiner Schokolade beschäftigt, die Alte-Leute-Sorte störte ihn offenbar überhaupt nicht. Doch obwohl ihn das Essen froh zu machen schien, sah er traurig aus. Sein Gesicht glänzte, die Tränen mussten die ganze Zeit leise und nebenbei seine Wangen heruntergelaufen sein, ohne dass mir das aufgefallen war.

Die Stimmung im blauen Haus war so bedrückend, dass ich mit einem lauten Ruck den Reißverschluss meines Rucksacks aufzog und die Decke, die Plüschtiere und die Taschenlampe herausnahm, hier, sagte ich zu Julia, für die Nacht und damit ihr Licht habt, morgen früh komm ich dann wieder. Julia sah mich müde an und machte den Mund auf, um etwas zu sagen, sie sagte aber nichts, und ich rief Tschüs und ging schnell aus dem Häuschen, damit hier keinem mehr einfiel zu fragen, warum ich keine Plüschtiere aus dem Hause Brandner mitgebracht hatte.

Es war noch nicht ganz dunkel draußen, aber dieser noch nicht ganz dunkle Himmel mit seinen grauen Schlieren und dann noch die Käuzchenrufe und der schiefe Gesang der Grillen, das alles war auf einmal richtig gespenstisch. Zum Glück bekamen

Julia und Max in ihrem Haus nur wenig davon mit. Die Luft war etwas kühler geworden, ein Wind fuhr mir übers Gesicht. Ich rannte wieder. Erst durch das stachelnde Feld, dann den Feldweg entlang und schließlich direkt durch die Siedlung, ich rannte, bis ich im Garten meiner Großeltern und dann im Gästezimmer war.

Mein Herz klopfte so laut, dass man es im ganzen Haus hören musste, Julia und Max und Julia und Max, die Dunkelheit und das Feld und der Wind in den Ähren, und zusammen mit meinem Herzen klopfte mein schlechtes Gewissen, ich dachte an die Angst, die die beiden jetzt haben mussten, und an die Sorgen, die sie sich wahrscheinlich um ihre Mutter machten. Und das Einzige, was gegen dieses schlechte Gewissen half, war der Gedanke an das hell erleuchtete Haus der Brandners, an dem ich auch auf dem Heimweg vorbeigelaufen war und vor dem sich ein paar Leute versammelt hatten, die alle leise durcheinanderredeten. Was gegen mein schlechtes Gewissen half, war meine riesengroße Wut auf Herrn Brandner, der mit seiner Frau vor der Tür gestanden und so getan hatte, als wäre er der liebevollste und besorgteste Vater von ganz Barenburg.

zweiundzwanzig

Die Nacht war lang, sie wollte einfach nicht vergehen. Wenn ich überhaupt schlief, dann höchstens zwei Stunden, die übrige Zeit lag ich wach und wälzte mich im Bett herum. Am liebsten wäre ich aufgestanden und zum dritten Mal ins blaue Haus gelaufen, aber ich hoffte ja, dass Max und Julia schliefen, und wollte sie auf keinen Fall wecken. Ich lag da und begriff, dass es auf der Welt nichts Langsameres geben konnte als eine Nacht, die zum Tag wird, die Helligkeit kommt so allmählich, dass man vor Ungeduld schreien könnte, und man tut es nur deshalb nicht, weil man noch nie von einer Nacht gehört hat, die vergessen hat, zu Ende zu gehen.

Auch diese Nacht war irgendwann halbwegs vorbei. Im Dunkeln hatte ich tausend Pläne geschmiedet, von denen die meisten im Hellen nichts mehr taugten, und am Ende blieb nur noch ein einziger Plan übrig: der, zum Bäcker zu gehen und für Max und Julia ein Frühstück zu besorgen. Es war noch sehr früh, als ich mir Sportsachen und Turnschuhe anzog und auf einen Zettel schrieb: *Bin joggen*. Ich stellte mir vor, was meine Großmutter denken würde, wenn sie den Zettel fand; sie würde stutzig werden, den Kopf schütteln und dann achselzuckend in die Küche gehen. Seit ich meine Sommerferien in Barenburg verbrachte, war ich noch nie joggen gewesen, und ehrlich gesagt hatte ich in meinem Leben noch kein einziges Mal freiwillig Sport gemacht, noch nie. Die Sportsachen hatte ich nur dabei, weil sie im Haus bequemer sind, und Turnschuhe trug ich sowieso die meiste Zeit.

Ich legte den Zettel auf das Telefonschränkchen im Flur, steckte ein paar Münzen aus meinem Portemonnaie in die Hosentasche und ging aus dem Haus. Am frühen Morgen war die Stille der Siedlung viel angenehmer als tagsüber, denn sie passte zu dieser Uhrzeit, um sieben durfte es still sein, um sieben musste man nicht das Gefühl haben, etwas Wichtiges zu verpassen.

Es war fast niemand unterwegs, nur zwei Dachdecker standen vor einem Haus und lehnten eine Leiter an eine Wand. Ich lief ungefähr zehn Minuten durch die Siedlung, kam aber diesmal nicht am Brandner-Haus vorbei, weil das Bäckergeschäft in einer anderen Richtung lag. Ich hätte auch in den Kiosk gehen können, in dem die Zigaretten für Herrn Benrath verkauft wurden, aber dort kannte mich der Verkäufer, außerdem wusste ich nicht, ob man da frühstückstaugliche Sachen kaufen konnte.

Die Bäckersfrau kannte mich nicht, aber leider musste ausgerechnet Frau Janssen im Geschäft sein und die süßen Gebäckstücke in der Glastheke betrachten, die um diese Uhrzeit noch nicht von Bienen bedeckt waren. Sie stand mit dem Rücken zu mir und schaute sich jedes einzelne Stück lange an, bevor sie endlich sagte, vier Brötchen, Helga, wie immer, wir müssen doch auf die Linie achten.

Ich war ganz leise in das Geschäft gekommen und hatte auch nicht Guten Morgen! gesagt, und so war es gut möglich, dass mich Frau Janssen gar nicht bemerkte. Zwischen ihr und mir stand noch ein alter Mann, der einen winzigen Stoffbeutel in der Hand hielt und immer von einem Bein auf das andere trat, bestimmt musste er mal und würde seine Brötchen oder sein Brot ganz besonders schnell kaufen. Das tat er dann auch, das heißt, er kaufte nur ein Mandelhörnchen und verabschiedete sich dann hastig. Ich hätte jetzt in aller Ruhe meine Bestellung aufgeben können, zwei Mohn- und zwei Zuckerschnecken und zwei Tetrapaks Kakao, aber da drehte sich Frau Janssen, die die letzten Minuten in ihrer Tasche gekramt hatte, noch einmal um und entdeckte ihr Portemonnaie auf der Theke und kurz darauf leider auch noch mich, oh, Kind, so früh auf den Beinen, schlafen Oma und Opa noch?

– Äh, Morgen, ja, die schlafen noch. Ich wollte sie mit Brötchen überraschen.

– Wie rührend! Na dann, bestell doch mal, ich kann auch warten. Muss noch was mit Helga besprechen.

– Nein, nein, ich habe Zeit.

– Moment mal, Kind. Du kennst doch die Kinder von den Brandners, hast du gestern mit denen gespielt?

– Nur ganz kurz, vor dem Mittagessen. Warum?

– Ähm … nur so. Und danach hast du sie nicht mehr gesehen?

– Nein, Frau Janssen.

– Und sie haben dir nichts erzählt?

– Wieso, was denn?

– Hmmh, na ja, egal. Wie viele Brötchen brauchst du denn?

– Äh, ich weiß noch nicht, also –

Und obwohl sie keiner darum gebeten hatte, sagte Frau Janssen zur Bäckersfrau, Helga, pack der Kleinen mal sechs Brötchen ein, das dürfte reichen, und als ich erschrocken rief, ja aber!, blickte die Verkäuferin kurz auf, nahm dann aber eine Papiertüte und packte die Brötchen hinein, die ich doch gar nicht haben wollte. Da stand ich also mit meiner Tüte und konnte nichts tun, weil Frau Janssen nicht gehen wollte. Als sie noch mal in ihrer Handtasche kramte, sagte ich leise und mit der Geschwindigkeit eines Rennfahrers, und-zwei-Mohnschnecken-und-zwei-Zuckerschnecken-und-bitte-noch-zweimal-Kakao, und als ich alles bezahlen wollte, fehlten neunzig Cent. Am liebsten hätte ich die Brötchen zurückgegeben, aber das ging nicht, weil viele in der Siedlung die Diäten meiner Großmutter kannten und wussten, dass sie zum Frühstück nie im Leben nur Süßes essen würde. Zum Glück kam mir Frau Janssen zu Hilfe, legte das restliche Geld auf die Theke und zahlte die Brötchen, die sie mir eingebrockt hatte.

Der Laden wurde immer voller, die Leute wachten jetzt nach und nach auf, und ich erschrak, weil ich an Julia und Max dachte und mich fragte, ob sie auch wach waren und Hunger hatten. Ich schnappte die Tüten und den Kakao und sagte Tschüs!, ohne Frau Janssen noch mal anzusehen. Dann rannte ich aus dem Laden und lief immer weiter, kam am Spielplatz vorbei und bekam ein Winken vom alten Fahrradmann, der wie so oft unterwegs war und sich immer zu freuen schien, wenn er mich sah.

Wahrscheinlich wirkte ich tatsächlich so, als würde ich joggen und hätte unterwegs noch Brötchen geholt, trotzdem machte ich mir Sorgen, weil Frau Janssen meiner Großmutter ja von den Brötchen erzählen könnte, und was dann? Egal, jetzt war nur wichtig, dass Max und Julia schleunigst etwas zu essen bekamen. Vor allem Max. Und als ich dann wieder im blauen Haus war, nass geschwitzt, weil ich so schnell gerannt war, da sah Max tatsächlich wie jemand aus, der den größten Hunger der Welt im Bauch hat. Er kauerte ganz hinten auf der Matratze, hatte sich fest in eine der Wolldecken gehüllt und schrieschrieschrie immer wieder etwas, das ich nicht verstehen konnte. Julia saß neben ihm und lehnte ihre Stirn an seine Schulter. Die heftigen Bewegungen, die er beim Schreien machte, ließen ihren Kopf vor- und zurückkippen, aber Julia blieb bei Max und sagte irgendwann laut, niemand will dich baden, nie-mand!

Und da plötzlich wusste ich auch, was Max die

ganze Zeit gebrüllt hatte, nicht baden!, nicht baden! Es musste für ihn etwas ganz Entsetzliches sein, dieses Baden, und ich konnte das gar nicht verstehen, weil ich sehr gerne in der Badewanne saß. Max sah das aber offenbar vollkommen anders, für ihn war Baden so schrecklich, dass Julia ihn überhaupt nicht beruhigen konnte.

Wahrscheinlich hatte ich schon fünf Minuten so dagestanden, ohne dass mich jemand beachtet hätte. Aber dann fing Julia zu reden an, und auch wenn sie mich nicht dabei ansah, war alles, was sie sagte, für mich bestimmt. Sie sagte es so, wie manche Schüler ein Gedicht vor der Klasse aufsagen, viel zu schnell und ohne jede Betonung, und in ihrem Gedicht ging es darum, dass Max ins Bett gemacht hat, verstehst du, Mascha, ins Bett gemacht – ja, Julia, ins Bett gemacht, das versteh ich schon, ist ja nicht so schwer zu kapieren. Aber dann merkte ich, dass ich rein gar nichts kapiert hatte, ich hatte nicht verstanden, was das wirklich hieß, ins Bett gemacht zu haben, es bedeutete nämlich nichts anderes, als dass Max von seinem Vater morgens ins Bad gezerrt und ausgezogen wurde, es bedeutete, dass Max von seinem Vater mit einem heftigen Ruck in die Badewanne gesetzt wurde, die er zuvor mit richtig heißem Wasser gefüllt hatte. Dass es im blauen Haus keine Badewanne und noch nicht mal ein Waschbecken gab, hielt Max nicht davon ab, zu schreien, da war so viel Angst in seinem Gesicht, rote, tränende Angst, und als er für einen Moment still war, fragte ich, was machen wir denn jetzt, worauf Julia, die ihre Stirn noch immer an Max' bebende Schulter lehnte, wie eine Maschine und immer noch ganz ohne Kraft wiederholte, ja, was machen wir denn jetzt.

dreiundzwanzig

Ich weiß nicht, wie lange ich mir Max' Schreien noch angehört habe. Als ich es nicht mehr aushielt, sagte ich hastig, ich geh trockene Sachen holen, hier, ihr könnt ja erst mal frühstücken. Ich ging aus dem Haus und rannte auf meinem holprigen Schleichweg, der mich durch ungemähte Wiesen und über Erdlöcher führte, zu meinen Großeltern. Als ich angekommen war, schwitzte ich und war außer Atem, was natürlich gut war, denn so glaubten mir meine Großeltern sofort, dass ich joggen war, und ich musste mir nicht schon wieder eine Geschichte ausdenken, dafür war mein Kopf sowieso viel zu voll.

Ich wollte trockene Sachen für Max besorgen und ein neues Bettlaken, außerdem brauchten Max und Julia Wasser, vor allem zum Trinken, aber auch zum Waschen. Dann hatte ich noch vor, Wurst und Käse aus dem Kühlschrank zu holen, für die Brötchen, die doch gar nicht so schlecht waren, so ein Tag konnte lang und voller Hunger sein. Aber im Moment war an all diese Dinge nicht zu denken, denn jetzt musste ich mit meinen Großeltern frühstücken und so tun, als wäre alles wie immer.

Eigentlich war klar, dass meine Großeltern von Max' und Julias Verschwinden schon gehört hatten. Hier in der Siedlung wusste jeder alles, und dazu gehörten nun mal auch verschwundene Kinder, auch wenn es ausgerechnet die Kinder waren, die sonst niemanden interessierten. Wahrscheinlich hatte Trautchen von gegenüber was gesagt, die hatte ständig eine Neuigkeit für meine Großmutter, und sie würde sogar frühmorgens bei ihr klingeln, nur um diese Neuigkeit loszuwerden. Trautchen *musste* da gewesen sein, denn meine Großmutter rührte in ihrem Kaffee und sagte nach einer Weile mit einem seltsamen Blick, anscheinend sind deine Freunde weggelaufen, weißt du was darüber?

– Was, Freunde, meinst du wieder Max und Julia, was, wieso denn weggelaufen?

– Die sind gestern Abend nicht nach Hause gekommen.

– Oh.

– Die Eltern sind ganz aufgeregt. Trautchen sagt, sie hat die Brandners Heike selten so gesehen.

– Aber wieso weggelaufen? Wieso denn?

– Das kannst du nicht wissen, also, vor zwei Jahren sind sie schon einmal weggelaufen, da war der Kleine höchstens fünf. Haben sich in den Zug gesetzt und sind den weiten Weg nach Bayern gefahren, das sind, warte, lass es zehn Stunden sein. Wenn das überhaupt reicht.

– Bayern. Komisch. Von Bayern haben sie nie erzählt.

– Da wohnt ihre Tante. Schwester der Mutter. Kleines Dorf im Allgäu.

– Allgäu, kenn ich vom Käse.

– Wie? Ach so. Mascha, sag mal, die müssen doch was gesagt haben zu dir. Sie müssen dir doch von ihren Plänen erzählt haben.

– Mit Julia hör ich nur Musik. Und Max sagt nie was.

– Hhhmh. Na gut. Die Kinder sind jedenfalls verschwunden. Die ganze Siedlung spricht schon davon.

– Und was machen die Brandners jetzt?

– Die können die Tante nicht erreichen. Die Kinder müssten jetzt langsam bei ihr angekommen sein. Sogar die Polizei weiß schon Bescheid, Edgar aus dem Schützenverein, den kennst du nicht, oder? Trautchen sagt, die warten noch ab. Weil es so gut wie sicher ist, wo die Kinder sind. Die Brandners Heike soll aber auch schon ein paar Schüler angerufen haben.

In diesem Moment fiel mein Blick auf meinen Großvater. Er aß gerade einen Apfel, und zwar auf eine Weise, wie es nur Großväter tun. In der einen Hand hielt er den Apfel und in der anderen ein Obstmesser, mit dem er kleine Stücke von der Frucht schnitt und jedes Stück dann mitsamt dem Messer zum Mund führte, so dass man Angst haben musste, dass er sich verletzte. Er verletzte sich aber nicht, sondern tat etwas ganz anderes: Er sprach. Mit vollem Mund sagte er, kein Wunder, dass die ausgerissen sind, und meine Großmutter zischte streng, Johannes, wir hatten gesagt, wir halten uns da raus!

Und damit war das Thema beendet, meine Großmutter hatte ihren Mann fest im Griff, so hatte es mir mein Vater mal gesagt, und ich merkte es ja auch selber immer wieder. Eigentlich hätte ich über die Worte meiner Großmutter froh sein müssen, denn durch sie brauchte ich erst mal keine weiteren Max-und-Julia-Lügen, und trotzdem, mein Großvater hatte etwas *gesagt*, er hatte zugegeben, dass er etwas wusste.

Über die blauen Flecken.

Die Schreie.

Ich war mir nicht ganz sicher, wie die Flecken und Schreie durch die Siedlung getuschelt worden waren und was von alledem bei meinem Großvater gelandet war, aber irgendetwas musste er gehört haben, und das war gut. Wäre die Welt noch wie vorgestern gewesen, hätte ich ihn wahrscheinlich so lange angebettelt, mir seinen Satz zu erklären, dass er es am Ende auch getan hätte. Aber da die Dinge nun mal anders waren als vorgestern, strich ich mir Marmelade auf mein aufgebackenes Supermarktbrötchen und ging in Gedanken meine Hosen und T-Shirts durch, irgendwas davon könnte bestimmt auch ein Junge tragen.

Und das stimmte auch. Als ich nach dem Frühstück meinen Koffer auspackte, den ich gestern Abend wieder hastig vollgestopft hatte, fand ich viele Sachen, in denen sich sicher auch ein Junge wohlgefühlt hätte. Aber als ich die Kleidungsstücke hochhielt, wurde mir klar, dass Max da nie und nimmer hineinpassen würde, vor allem sein Bauch nicht. Das Blut schoss mir ins Gesicht, in meinen Ohren hämmerte es, ich wusste nicht weiter. Im blauen Haus saß Max in nassen Sachen auf einem nassen Bettlaken, und ich hatte keinen blassen Schimmer, wie ich ihm helfen konnte. Ich nahm wenigstens meine lila Leggins, die war immerhin dehnbar, und ging ins Schlafzimmer meiner Großeltern, um den Kleiderschrank nach einem Bettlaken zu durchsuchen. Ich fand auch eines, ein glattes weißes ohne Gummizug, das nach einer aufgeräumten Welt roch, in der niemandem etwas passieren konnte.

Und ich fand noch etwas.

Die Fächer meines Großvaters.

Ein Fach mit Hosen, eines mit Pullovern, eines mit T-Shirts. All diese Sachen würden Max viel zu lang sein, keine Frage, aber um den Bauch herum passten sie bestimmt besser als meine Sachen. Ich nahm eine dunkelgrüne, leicht abgewetzte Cordhose von ganz unten aus dem Schrank, außerdem Hosenträger und ein blassgelbes T-Shirt, auf dem »Miteinander in Barenburg« stand, der Slogan der Stadt. Ich kramte sogar eine Unterhose aus der Kommode und überlegte lange, ob das nicht komisch wäre, wenn Max die anziehen würde, beschloss aber, dass es noch komischer wäre, wenn er keine tragen würde.

Meine Großeltern waren mittlerweile draußen im Garten, das konnte ich vom Schlafzimmerfenster aus sehen. Meine Großmutter hängte Wäsche auf und mein Großvater zupfte Unkraut, beide sahen so fremd aus, wie Menschen irgendwie immer wirken, wenn man sie vom Fenster aus beobachtet. Ich machte das Fenster auf und brüllte, ich geh dann mal wieder, zum Essen bin ich zurück, dann rannte ich durchs Haus und packte schnell ein paar Plastikflaschen mit Leitungswasser, einen Waschlappen, ein Handtuch und ein Duschbad in die Tüte, in der schon die Kleidungsstücke lagen. Ich nahm etwas Wurst und Käse aus dem Kühlschrank, fand irgendwo eine Plastikschüssel und holte auch noch Papier und Stifte und zwei Bücher aus dem Gästezimmer, dann machte ich mich wieder auf den Weg. Ich konnte mit meiner Tüte und der Schüssel ganz normal zur Haustür hinausgehen, ohne dass mich jemand fragte, was ich denn mit all den Sachen vorhätte, denn alle, die das interessieren würde, waren ja gerade hinten im Garten. Obwohl, das stimmte gar nicht; am Haus der Brandners durfte ich auch nicht vorbeigehen, nicht mit der Tüte, nicht mit der Schüssel. Also entschied ich mich für den todsicheren Schleichweg. Und doch, ich hätte zu gerne gewusst, was bei den Eltern von Max und Julia gerade passierte.

vierundzwanzig

Als ich die Tür vom blauen Haus öffnete, schlug mir nicht nur der bekannte Klogeruch entgegen, sondern auch Traurigkeit, dunkle, stickige Traurigkeit, die noch schlimmer war als vorhin. Die Matratze lehnte zum Trocknen an der Wand. Max war immer noch in die Decke gewickelt, aber darunter war er jetzt nackt, seine Sachen lagen zusammen mit dem Bettlaken vor dem Regal. Er schrie nicht mehr, aber er wimmerte, und Julia hatte ihre Hände auf seine bebenden Schultern gelegt und flüsterte wie damals auf dem Spielplatz, ist ja gut, alles ist gut.

Immer wieder.

Alles ist gut.

Aber gar nichts war gut, alles war schrecklich, der Geruch und die Traurigkeit, und ich sagte gespielt fröhlich, ich hab alles dabei, hier, was zum Anziehen und was zum Waschen, sogar extra Herrenduschbad für den gepflegten Herrn.

Ich will nicht!, stieß Max in seinen kurzen Wimmerpausen hervor, ich will nicht, ich will nicht, aber da wurde Julia streng und sagte, du machst das jetzt, oder ich mach das! Sie ließ ihren Bruder los, stellte sich aber direkt vor ihn hin, als wollte sie ihn mit ihrem dünnen Körper verstecken. Ganz langsam nahm Max die Decke von seinen Schultern, und obwohl Julia ihn wie ein Bodyguard abschirmte, konnte ich genug sehen, denn an den Julia-Rändern guckte noch sehr viel Max hervor.

Oh Gott.

Nein!

Max' Po und Rücken waren so zerschunden, dass nicht mehr viel normale Haut zu sehen war. Auf den Innenseiten seiner Arme, auf der Hinterseite der Oberschenkel, überall gab es Wunden und Striemen und blaue Flecken, von denen manche dunkler und manche heller waren. Auf jeder Pobacke war eine große rote Fläche, und jetzt sah ich, dass seine Füße genauso rot waren.

Wirklich, ich bin niemand, der andere Menschen umarmt, das hatte mir keiner beigebracht, aber in diesem Moment, in dem ich Max' Körper sah, in diesem Moment hätte ich das am liebsten getan. Ich hätte Max am liebsten umarmt und ihn so sehr an mich gedrückt, dass es keiner mehr wagen würde, ihm was anzutun, keiner!

Trotzdem blieb ich einfach stehen, mit einem flauen Gefühl im Magen. Und dann passierte es. Ich fing an zu weinen, mir liefen die Tränen über die Wangen und in die Mundwinkel hinein. Damit keiner etwas merkte, füllte ich schnell das Wasser in die Schüssel, da, sagte ich und schob den beiden die Schüssel und auch noch den Lappen, das Handtuch und das Duschbad hin. Dann hockte ich mich in eine Ecke, aber nicht in die mit dem stinkenden Eimer, und sah Max dabei zu, wie er sich wusch. Julia, die sonst immer sehr nett zu ihm war, fuhr ihn an, dass er sich beeilen soll, und Max wusch sich erschrocken und hastig die Beine ab und den Po. Er tat das sehr still, ich konnte nicht einmal ein Wimmern hören, nur Julia, die hörte ich die ganze Zeit, los, werd endlich fertig. Für ein paar Sekunden drehte Max sein Gesicht zu mir und ich konnte sehen, wie unangenehm ihm das Waschen war, aber irgendwie fand ich auch Erleichterung in seinem Blick, immerhin hatte er dem heißen Badewasser und seinem Vater gerade ein Schnippchen geschlagen.

Als er mit dem Waschen fertig war, reichte ihm Julia das Handtuch und herrschte ihn an, dass er sich abtrocknen soll. Ich stand aus meiner Ecke auf und holte die trockene Kleidung aus der Tüte, die Sachen sahen jetzt noch großväterlicher aus als vorhin im Schlafzimmerschrank, einfach fürchterlich. Ich brachte sie Max und rechnete fest damit, dass er sich weigern würde, so etwas Hässliches und Riesengroßes auch nur anzusehen, aber es schien ihn nicht zu stören, und nur Julia blickte abschätzig auf die Teile.

Als Max alles anhatte, kamen mir wieder die Tränen, ich konnte nichts dagegen tun. Er sah fürchterlich aus, wie ein Clown. Sein zerschundener Körper steckte in einem riesigen T-Shirt, das ihm bis zu den Knien reichte, darunter sah ich meine lila Leggins, in die Max' dicke Beine gepresst waren.

Miteinander in Barenburg.

Es war zum –

Um ihn nicht mehr ansehen zu müssen, schnappte ich schnell die Waschschüssel und den stinkenden Eimer und murmelte, ich geh dann mal wieder, ihr wisst schon, bin in einer Minute zurück. Nachdem ich von außen zugeschlossen hatte und ein paar Schritte ins Feld gegangen war, kippte ich den Eimer auf die Ähren und ließ die gelbe Flüssigkeit in den Acker sickern. Es war viel weniger eklig als gestern, trotzdem konnte ich mir angenehmere Dinge vorstellen, die man am allerersten Vormittag im August unternehmen konnte.

Ich spülte den Eimer mit dem Duschbadwasser aus und ging dann wieder in Richtung Haus, in der einen Hand die Schüssel und den Lappen und in der anderen den Eimer. Ich stolperte über meine eigenen Füße, und obwohl es ein ganz gewöhnliches und wirklich nicht besonders schlimmes Stolpern war, kam mit einem Ruck diese Wut.

Eine Wut, die größer war als alles.

Größer als das Gerstenfeld.

Größer als das Maisfeld daneben.

Ich schleuderte erst den Eimer gegen das blaue Haus und dann die Schüssel, die davon nicht mal einen Sprung bekam, auch der Eimer sah noch fast unversehrt aus und hatte nur eine winzige Delle. Dann trat ich gegen die Tür, vier-, fünf-, sechsmal, und hörte nur auf, weil die Schmerzen im Fuß zu groß wurden. Scheiße, brüllte ich mit Tränen in den Augen, und weil ich kein besseres Wort wusste, brüllte ich es gleich noch mal.

Scheiße.

Erst dann ging ich zurück ins Haus. Drinnen legte Julia gerade das weiße Bettlaken meiner Großeltern auf die Matratze, die sich mittlerweile wieder an ihrer alten Stelle befand und wahrscheinlich immer noch nicht ganz trocken war. Dann drehte sie sich zu mir um und sah so wütend wie gestern Abend aus, aber diesmal fand ich auch Angst in ihrem Gesicht. Wehe, flüsterte sie, und ich konnte hören, dass ihre Stimme dabei bebte, wehe, du sagst irgendjemandem, was du gesehen hast!

fünfundzwanzig

Ich spürte, wie ich rot wurde, und am liebsten hätte ich überhaupt nichts gesagt. Aber Julia, die jetzt zusammen mit Max auf der Matratze saß, sah mich wütend und erwartungsvoll an, also musste ich doch reden:

– Äh, Julia, aber Max. Wie der aussieht! Da muss doch mal jemand was machen.

– Quatsch! Bei uns ist alles in Ordnung. Wenn Papa uns haut, dann hat das seine Gründe. Mascha, los, versprich mir, dass du nichts sagst, versprich es mir, jetzt sofort!

– Wie soll ich das versprechen? Ich hab Max doch gesehen. Ich hab doch gesehen, was bei euch zu Hause los ist.

– Gar nichts ist da los. Wenn wir Papa stören, haut er eben. Am meisten stört ihn Max, der ist ja auch noch so klein, da stört man wahrscheinlich schneller. Erst vorgestern hat Max –

– Julia?

– Was?

– Sag mal –

– Was ist denn?

– Weinst du?

Ich konnte sehen, wie wenig Julia diese Frage mochte. Aber zu spät, ich hatte sie gestellt, und Julia holte mit einem beleidigten Ruck meinen MP3-Player aus ihrer Hosentasche, setzte sich die Kopfhörer auf und hörte dann so laut Musik, dass Max neben ihr gleich aufhörte, an seinen Fingernägeln zu kauen, weil er seine Hände brauchte, um sich die Ohren zuzuhalten. Ein ganzes Lied lang saß sie so da, starrte vor sich hin und schien weit weg zu sein, dann riss sie sich die Kopfhörer von den Ohren, sah mich an und sagte schroff:

– Ich weine nie. Ich habe mir das abgewöhnt.

– Wie denn? Ich schaff das nicht, hast du ja gesehen.

– Für mich war das ganz leicht. Weißt du, Mascha, die meiste Zeit bin ich eigentlich gar nicht da.

– Was? Wie meinst du das?

– Na, so eben. Ich bin einfach nicht da. Wenn Papa mich haut, suche ich mir einen Punkt an der Wand aus, und den schaue ich dann die ganze Zeit an. Ich stelle mir vor, dass ich ganz woanders bin, und das geht, ich bin immer irgendwie woanders, wenn Papa seinen Anfall hat. Ich merke nichts mehr, ich bin gar nicht mehr da.

– Und wenn Max gehauen wird? Dann auch?

– Ja.

– Kannst du ihm nicht helfen?

– Wenn ich nichts sage, ist es schneller vorbei. Dann wird Papa nicht noch wütender. Früher hab ich was gesagt, aber jetzt nicht mehr. Nur Mama versucht manchmal was. Sie versucht ihn abzulenken, damit er sie schlägt und nicht uns. Dann tue ich aber schon was, dann lenke ich Papa wieder zurück ab. Damit er Mama nicht haut.

– Aber, Julia, das muss doch mal jemand gesehen haben. Geht ihr denn nicht zum Arzt?

– Fast nie, und wenn, dann immer wieder zu einem anderen. Einer hat auch wirklich mal was gesagt, aber dann ist Papa wütend geworden und hat gesagt, er bringt ihn vors Gericht.

– Julia.

– Hör auf jetzt.

– Julia. Warum darf ich denn nichts sagen?

Als ich das gefragt hatte, sprang Julia von der Matratze auf, stellte sich direkt vor mich hin und schnappte nach Luft. Max saß immer noch auf der Matratze und kaute hastig auf einem von Frau Janssens trockenen Brötchen herum, auch er sah panisch aus. Und dann passierte etwas Sonderbares. Während Julia schweigend und entrüstet vor mir stand, fing Max auf der Matratze zu sprechen an.

Nicht mit Pablo.

Nicht mit Julia.

Er sprach mit mir.

Wir müssen, stieß er mit seiner Maxstimme hervor, wir müssen ins Heim, Papa bringt uns ins Heim, wenn du was sagst, und Mama ist dann tot, wenn du was sagst, Mama ist dann ganz tot.

sechsundzwanzig

Ganz tot, so sagte er es. Ganz tot. Es war, als würde Max seiner Schwester die Worte geben, die sie selber gerade nicht sagen konnte, ich blickte Julia ins verzerrte Gesicht, hörte eine Jungenstimme und kapierte alles, kapierte gar nichts, und nach einer Weile wusste Julia wieder, wie man sprach:

– Mascha. Das geht einfach nicht. Dass du was sagst. Merkst du das nicht? Wir wollen nicht ins Heim. Wir wollen nicht, dass Mama stirbt.

– Das hat euer Papa alles gesagt? Ich kann mir gar nicht vorstellen, dass überhaupt jemand so was sagt. Vielleicht meint er das ja gar nicht so.

– Doch! Glaub mir, das wird dann alles ganz schlimm. Einmal wollte uns jemand helfen, Frau Lippka von nebenan, das war schrecklich. Papa dachte, wir hätten was gesagt. Mascha, alles wird ganz schlimm, wenn du was sagst.

– Schlimmer als jetzt geht doch gar nicht.

– Doch. Wenn Mama nicht mehr da ist, dann schon.

Mittlerweile hatte Max meine Tüte entdeckt und wühlte darin. Er legte Papier und Stifte auf die Matratze, warf die beiden Bücher verächtlich dazu und nahm dann das Päckchen mit dem Aufschnitt heraus. Er wickelte konzentriert eine Scheibe Käse um sein restliches Brötchen und sagte dabei leise, Mama, und Julia wurde jetzt umso lauter und rief, kannst du uns jetzt endlich mal verraten, was mit Mama ist?

Ich dachte an die Leute, die ich gestern Abend vor dem Haus der Brandners gesehen hatte, und an die vielen Leute, die heute bestimmt noch dazugekommen waren, und sagte zu Julia:

– Bei euch ist keiner da. Eure Eltern sind noch nicht wieder zurück aus dem Krankenhaus. Klar, euer Papa wollte mich ja auch anrufen, wenn er wieder da ist.

– Ich versteh das nicht. Warum müssen wir denn hierbleiben? Wir können nicht mal raus.

– Das wollte euer Papa so.

– Versteh ich nicht. Und warum ruft er dich denn nicht an und sagt dir, was mit unserer Mama ist. Wir haben immer Angst, dass sie ... also ... dass sie schon tot ist.

– Sie ist nicht tot, Julia, glaub mir, ich kenn mich da aus. Eure Mama ist nicht tot. Nur meine ist tot.

– Du hast eine tote Mama? Die ganze Zeit mit uns, auf dem Spielplatz, immer hast du eine tote Mama gehabt?

– Immer. Und dann habe ich noch einen lebendigen Papa. Aber von dem kriege ich auch nicht viel mit.

Ich schämte mich, Max und Julia hatten schließlich viel schlimmere Probleme als ich, ehrlich, ich hatte ein ganz komisches Gefühl, aber ich tat es trotzdem. Ich erzählte. Alles sprudelte aus mir heraus, ich sprach und sprach und sprach, die Worte fielen nur so aus meinem Mund, ich wusste ja auch nicht, wann ich das nächste Mal über alles reden durfte und ob überhaupt noch mal. Ich erzählte Max und Julia von den Rühreiern, die ich für mich und meinen Vater machte, damit es bei uns wenigstens einmal in der Woche etwas Warmes gab, ich sprach von seiner Fröhlichkeit, die nur da war, wenn er mit seinen Dokumentarkollegen telefonierte, und von der er für mich nichts übrig hatte. Alles mussten sich Max und Julia anhören: wie die Leute aus der Siedlung am Gartenzaun meiner Großeltern gestanden hatten, nachdem meine Mutter abgeholt worden war, und wie komisch sie mich danach behandelten, so als wäre ich mindestens eine Außerirdische. Ich erzählte, wie mein Vater es manchmal nicht schaffte, morgens aus dem Bett zu kommen, und wie ich an ihm zerrte und rüttelte, wenn ich wusste, dass er einen wichtigen Termin hatte; ich erzählte sogar, wie allein ich mich oft fühlte, und als ich das zugegeben hatte, was mir normalerweise peinlich gewesen wäre, da nahm Julia meine Hand und sagte zu Max, komm mal her. Als er da war, legte sie seine rechte Hand auf unsere und flüsterte geheimnisvoll:

– Wir versprechen uns jetzt was. Mascha, wir werden niemandem auf der ganzen Welt verraten, was du uns erzählt hast. Max und ich versprechen dir das.

– Aber, äh, das könnt ihr ruhig weitererzählen, das interessiert bestimmt keinen, nicht mal Oma und Opa

– Mascha! Wir versprechen dir das jetzt. Und du musst uns auch was versprechen. Sag nie jemandem, was du gesehen hast. Oder was wir dir erzählt haben. Nie, verstehst du? Los, Mascha, sag es!

– Ja, aber!

– Mascha! Bitte!

– Gut. Also. Ich verspreche es euch.

Als ich kurz danach mit den nassen Sachen aus dem Haus ging, um noch einmal bei den Brandners vorbeizuschauen und dann einigermaßen pünktlich bei meinen Großeltern zum Mittagessen zu erscheinen, da wusste ich, dass ich mir mit meinem Versprechen ein ganz neues Problem eingehandelt hatte. Wenn ich niemandem etwas über Herrn Brandners Schläge erzählen durfte, dann war ich ab sofort der einzige Mensch auf der ganzen Welt, der Max und Julia helfen konnte, und das machte für mich alles noch viel schwieriger. Die beiden mussten ein für alle Mal im blauen Haus bleiben, dafür hatte ich zu sorgen, denn wenn sie rauskämen, würde etwas Schreckliches mit ihnen passieren, und bestimmt würde das so versteckt geschehen, dass sich niemand in der Siedlung die Mühe machen würde, etwas davon mitzukriegen. So viel war also klar, ich durfte keine Fehler mehr machen, von nun an musste ich an wirklich alles denken. Max und Julia durften das blaue Haus nie mehr verlassen. Nie mehr.

siebenundzwanzig

Blau.

Nichtblau.

Blau.

Auf den Polizeiautos, die in der Straße der Brandners standen, drehte sich das Blaulicht so schnell, dass mir fast schwindelig wurde. Ich zählte drei blinkende Fahrzeuge, nur die Leute, die vor dem Brandner-Haus standen, die konnte ich nicht zählen, es waren viel zu viele. In meinen Ohren hämmerte es wieder, aber ich durfte mir nichts anmerken lassen. Ich hatte Max' nasse Sachen in das Bettlaken gehüllt und in meine Tüte gestopft, das musste mich also noch lange nicht verdächtig machen.

So harmlos wie möglich ging ich zu den Herumstehenden und stellte mich einfach dazu. Alle redeten durcheinander, und eine Zeit lang konnte ich überhaupt nicht verstehen, was gesagt wurde. Aber dann konzentrierte ich mich auf das Gespräch rechts neben mir, das von zwei älteren Frauen geführt wurde, die ich nur vom Sehen kannte und die beide stark nach Oma-Parfums rochen.

Ich streckte mich und tat so, als wollte ich unbedingt etwas sehen, dabei versuchte ich nur zu vertuschen, dass ich die Frauen belauschte. Es funktionierte und ich kriegte alles zu hören, was ich erfahren wollte, oder besser: was ich nicht erfahren wollte. Alle glaubten immer noch, dass Max und Julia weggelaufen waren, aber da man schließlich nie wissen konnte, hatte die Polizei angefangen, nach den Kindern zu suchen. Herr Brandner hatte das zwar nicht gut gefunden, aber Frau Brandner soll auf einmal ganz komisch gewesen sein, zu allem bereit irgendwie, und auf der Suche bestanden haben.

Als ich das hörte, schlug mein Herz so heftig, dass es fast aus mir herausfiel, die suchen, oh Gott, in einer Stunde haben sie Max und Julia gefunden!

Aber sie durften nicht gefunden werden, nie und nimmer!

Nie.

Das blaue Haus lag praktisch gleich um die Ecke, vor der Nase all dieser Leute hier, und man musste schon blind und taub sein, um nicht zu kapieren, dass das ein guter Platz für weggelaufene Kinder war. Sogar für Kinder, die nur gespielt weggelaufen waren und gar nicht im blauen Haus bleiben wollten. Aber eine der Frauen sagte, dass die Polizei erst mal in der leer stehenden Fabrik unten in der Stadt suchen würde und dann in dem großen Waldstück im Westen, und in die umliegenden Dörfer wäre sie auch schon gefahren. Ich atmete auf. Umliegende Dörfer, das klang gut, überhaupt klang alles Umliegende im Moment ganz besonders gut.

Ich sah mir die Leute an und wusste nicht, warum sie hier waren. In vielen Gesichtern sah ich diese blitzenden Augen, und wahrscheinlich waren alle froh, dass hier endlich mal was passierte. Links neben mir flüsterte ein Mann, meine Meinung ist ja hier nicht gefragt, aber das war ja mal wieder an der Zeit, und irgendwer zischte, scht. Von vorn kam leise, die arme Frau, was die jetzt durchmachen muss, jemand anderes sagte, die aus dem Autohaus suchen auch mit, und plötzlich reichte es mir, auf einmal wollte ich nur noch weg von hier. Außerdem musste ich sowieso dringend nach Hause, meine Großmutter verstand keinen Spaß, wenn es um Kartoffeln ging, die allmählich kalt wurden. Gestern Abend war ich auch schon zu spät zum Essen gekommen, und irgendwann ging jemandem wie meiner Großmutter die Gnade aus.

Obwohl ich spät dran war, lief ich nicht sehr schnell, nur mein Puls raste. Es war klar, dass es so nicht weitergehen konnte, denn wenn ich nichts unternahm, würde die Polizei die Kinder bald finden. Was dann passieren würde, das konnte ich mir ja ausmalen. Ich brauchte dringend ein neues Versteck für Max und Julia. Bis morgen waren die beiden eventuell noch sicher, dann musste ich eine Idee haben. In Gedanken durchsuchte ich die Siedlung und die Stadt nach ein paar Quadratmetern, die keiner finden könnte, richtete meinen Blick beim Gehen starr auf den Asphalt und schaute erst wieder nach oben, als ich zu Hause angekommen war. Vor dem Haus meiner Großeltern stand ein Polizeiauto.

achtundzwanzig

Edgar, das macht doch nichts!, hörte ich drinnen meine Großmutter sagen, als ich endlich und mit weichen Knien im Flur stand, aber nicht doch!, sagte sie mit dieser übertrieben fröhlichen Stimme, die sie sonst bloß auf den Juli-Geburtstagsfeiern benutzte, wir essen nie zu einer bestimmten Zeit, wir sind da nicht so, ach, Edgar, vielleicht doch ein Tässchen jetzt?

Schnell ging ich ins Schlafzimmer und stopfte die nassen Sachen tief in den Wäschekorb hinein. Als ich dann in der Küche stand, waren drei Augenpaare auf mich gerichtet, und zu meiner Überraschung sah keines davon verärgert aus. Sogar meine Großmutter behielt ihre gute Laune und rief, Mascha, Mädchen, gut, dass du da bist!

– Oma. Also. Ich war noch auf dem Spielplatz. Hab die Zeit vergessen.

– Das macht doch nichts! Der Edgar hier, der ist von der Polizei. Der will dich nur kurz was fragen, du weißt doch, wegen Max und Julia. Ich hab ihm schon gesagt, du hast nichts gehört, überhaupt nichts weißt du, das hab ich ihm gesagt.

– Weiß ich ja auch nicht. Außer dass die weg sind. Sagen ja alle hier.

– Der Edgar ... der Herr Preuß will wissen, ob dir

irgendwas aufgefallen ist, aber wenn du sie sowieso nicht mehr so oft gesehen hast –

An dieser Stelle räusperte sich der Polizist namens Edgar, der dieser Mann aus dem Schützenverein sein musste, sonst hätte er bestimmt kein Anrecht auf ein Tässchen gehabt. Mein Großvater saß ganz ohne Geburtstagsfröhlichkeit neben ihm und trommelte mit seinen Fingern leise auf den Küchentisch. Gut, Mädchen, sagte der Polizist, noch mal ganz langsam jetzt, denk richtig nach, haben die beiden irgendeinen Ort erwähnt, na komm, alles kann uns weiterhelfen.

– Das hat Oma doch schon gesagt. Nein, wirklich, ich hab von keinem Ort gehört. Die haben sowieso nicht viel gesagt.

– Aber vielleicht haben sie trotzdem irgendeine Andeutung gemacht. Wir sind uns so gut wie sicher, dass die beiden weggelaufen sind. Du könntest uns dabei helfen, die Suche zu verkürzen.

– Aber ich weiß doch nichts, hab ich doch schon gesagt.

– Mädchen, nun stell dir das alles mal vor. Die Eltern warten die ganze Nacht auf ein Zeichen. Die sind krank vor Sorge. Das wirst du vielleicht später verstehen, wenn du eigene Kinder hast.

– Ja, aber was kann ich da jetzt machen?

– Es soll einen Streit gegeben haben. Wahrscheinlich sind sie deshalb weggelaufen. Das haben sie immerhin schon mal gemacht. In der Nachbarschaft werden die Kinder als schwierig beschrieben.

– Aber –

– Max und Julia waren sogar schon ein paarmal weg. Meist waren sie spätabends wieder zu Hause, nur einmal haben wir sie am nächsten Morgen bei der Tante aufgegriffen.

– Aber dann kommen sie doch sicher bald zurück. Wenn das schon immer so war.

– Vielleicht, ja. Noch besser wäre es aber, wenn sie *sofort* zurückkommen würden. Also konzentrier dich. Denk nach! Du denkst jetzt bitte an alles, was wichtig sein könnte.

Ich hatte beim Reden auf den Küchenschrank gestarrt, weil ich dem Polizisten nicht in die lauernden grauen Augen blicken wollte, und als mir das klar wurde, sah ich schnell doch zu ihm, damit er sich nicht über meine große Begeisterung für Küchenmöbel wunderte. Mein Großvater trommelte immer noch unruhig auf den Tisch und sah mich mit einer Art überraschtem Entsetzen an, das ich mir aber nicht richtig erklären konnte. Es war fast so, als ob er mir mit seinem komischen Blick irgendwas sagen wollte, zum Beispiel, dass das hier alles nicht zusammenpasste mit dem, was ich noch vor kurzem zu berichten hatte – aber selbst dann hätte ich leider sagen müssen, ich weiß wirklich nicht, was du meinst, wovon redest du überhaupt? Ich hatte Julia und Max versprochen, keinem etwas von den Verletzungen zu erzählen, *keinem!*, und ich hielt mich daran, ich würde mich immer daran halten. Früher war das anders gewesen, vor diesem Sommer; bisher waren mir Versprechen nicht so wichtig erschienen. Aber jetzt – jetzt ging es um etwas.

Es ging darum, dass niemand ganz tot sein durfte.

Und niemand im Heim wohnen musste.

Es ging darum, dass hier keiner Verdacht schöpfte.

Ich musste also schnellstens heraus aus dem Blick meines Großvaters und guckte deshalb wieder zum Edgar-Polizisten, der mich aber nicht mehr beachtete, zumindest sah er mir nicht mehr ins Gesicht. Stattdessen schaute er nach unten, direkt auf meine Füße, und als ich ebenfalls dorthin guckte, wusste ich, warum. Auf meinem rechten Turnschuh klebten in schönster Eintracht zwei gleich große Gerstenähren, ach, sagte ich schnell und brachte den Polizisten dazu, wieder nach oben zu sehen, ach, sagte ich, eine Sache fällt mir doch ein, von Hürssen hat Julia mal geredet, jetzt fällt mir das wieder ein.

neunundzwanzig

Nach dem Mittagessen stand mein Großvater wortlos auf und verschwand, was sicher nicht nur an den zerkochten Kartoffeln und dem viel zu salzigen Blumenkohl lag. Meine Großmutter blieb unruhig sitzen und sah immer wieder auf die Uhr, und ich warf schnell die restlichen Kartoffeln in den Müll und räumte alle Teller in die Spülmaschine. Die Stille und die Hitze beim Mittagessen waren nicht zu ertragen gewesen, keiner hatte auch nur ein einziges Wort gesagt, und dabei hatte ich doch unbedingt fragen wollen, wie der Polizist ausgerechnet auf mich gekommen war. Hatte Frau Janssen etwas gesagt? Das wäre die beste Erklärung gewesen, die, die ich am meisten gemocht hätte. Frau Janssen hatte schließlich überhaupt keine Ahnung. Aber was, wenn mich jemand gesehen hatte, als ich mit Max und Julia vom Spielplatz weggegangen war, was, wenn der Polizist schon alles wusste und wie ein Löwe darauf wartete, sich im richtigen Moment endlich auf mich stürzen und dann genüsslich zubeißen zu können?

Es klingelte. Ein paar Sekunden lang dachte ich, dass der Polizistenlöwe keine Lust mehr zum Warten hatte und schon jetzt zurückgekommen war, aber dann hörte ich Trautchens Stimme und atmete auf. Auch meine Großmutter sah ein wenig ruhiger aus, als sie mit Trautchen zurück in die Küche kam, aber von der Begeisterung, die sie am Morgen noch versprüht hatte, war nichts mehr zu sehen. Die beiden wollten allein sein, das merkte ich schnell, also verzog ich mich ins Gästezimmer, weil ich ohnehin Ruhe zum Nachdenken brauchte.

Die Frage war, wo Max und Julia jetzt noch hinkonnten. Es war klar, dass die Polizisten bald auch im Gerstenfeld und im blauen Haus suchen würden, egal, ob sie schon was ahnten oder nicht. Die Kinder mussten also schleunigst an einen anderen Ort, nur wie und wohin, das war mir immer noch nicht klar. In meinen Ohren war dieses Beben, ganz heiß und riesengroß, und ich konnte ein paar Minuten fast nichts hören, aber wieso auch, es war ja sowieso keiner hier, der mir einen guten Rat oder sonst was hätte geben können. Ich lag bestimmt eine halbe Stunde auf dem Bett und dachte so angestrengt nach, dass mir der Kopf wehtat.

Am Ende hatte ich immerhin ein paar Ideen, von denen die erste ungefähr so aussah, dass ich Max und Julia nur zu einer einzigen Zeit an einen anderen Ort bringen konnte, und das war nachts, weil es da wenigstens eine winzige Chance gab, dass wir von niemandem gesehen wurden. Ich mochte diese Lösung überhaupt nicht, denn die Vorstellung, im Dunkeln mit den Kindern durch den halben Ort zu schleichen und zu hoffen, dass nicht zufällig jemand mit Adleraugen am Fenster stand und die letzte Zigarette des Tages rauchte, diese Vorstellung war schrecklich.

Noch schrecklicher war aber, dass es in Barenburg und Umgebung sowieso keine guten Verstecke mehr gab, schließlich war die Polizei gerade dabei, alles auf den Kopf zu stellen. Doch zum Glück fiel mir ein, dass es ein paar Orte gab, an denen die Polizei ganz bestimmt nicht mehr suchen würde, und das waren die, an denen sie schon gesucht *hatte*. Ich versuchte mich an das zu erinnern, was die Leute vor dem Brandner-Haus gesagt hatten, und landete mit meinen Gedanken schließlich bei der Fabrik, die einer der Herumstehenden ins Spiel gebracht hatte. Es war eine an allen Ecken und Enden verfallene ehemalige Tuchfabrik, in der ich schon zwei-, dreimal gewesen war. Man konnte durch mehrere Fenster in das Innere des Gebäudes klettern und landete dann immer erst mal auf Tausenden von Glasscherben. Drinnen gab es einige große Hallen und dann auch noch viele kleinere Räume, in denen man sich bestimmt eine Weile verstecken konnte.

Die Fabrik. Ja. Die Fabrik. Das Problem war nur: Wie sollte ich Max und Julia überreden mitzukommen? Wie sollte ich sie überhaupt überreden, mir meine Lügengeschichten noch weiter zu glauben und in dem stickigen, heißen blauen Häuschen auszuharren? Wie konnte ich Zeit gewinnen? Und da kam eine dritte Idee, sie war plötzlich da und schob mich hinaus in den Flur, wo das Handy meiner Großmutter lag. Es war viel moderner als mein eigenes, was aber auch keine Kunst war, und ich brauchte eine Weile, bis ich verstand, wie dieses

Ding funktionierte. Dann, als ich eine Weile getippt hatte, hörte ich aus der Küche Stimmen. Na klar, da unterhielten sich meine Großmutter und Trautchen, das wusste ich ja. Aber worüber, davon hatte ich keine Ahnung.

Was natürlich nicht stimmte. Denn ich hatte ja eine Ahnung, schließlich war Trautchen schon heute Morgen hier gewesen, um über den verschwundenen Max und die verschwundene Julia zu reden. Außerdem war meine Großmutter vorhin so komisch gewesen, die Sache mit den Kindern schien sie zu beschäftigen. Und ich hätte zu gern verstanden, was sie dadrin redeten, aber an der Tür lauschen, nein, das wollte ich nicht, außerdem sahen an Türen horchende Menschen immer ein wenig wie Witzfiguren in Zeitschriften aus. Wahrscheinlich wäre mein Großvater aus dem Brummen gar nicht mehr herausgekommen, wenn er mich erwischt hätte. Lieber nicht. Bloß nicht!

dreißig

Die Küchentür war kühl und kitzelte mich am Ohr. Noch vor ein paar Sekunden hatte ich die Stimmen nur als Knäuel von Geräuschen wahrgenommen, aber jetzt waren sie ganz deutlich zu hören. Gerade war Trautchens tiefe und herrische Stimme an der Reihe:

– … und mal ehrlich, Lotte, was wissen wir denn schon? Am Ende gibt es bestimmt für alles eine Erklärung, so wie bei Julias gebrochenem Arm, erinnerst du dich?

– Else Lippka hat damals so was behauptet. Sie haben ihr dann die Reifen zerstochen.

– Ja, aber nur, weil rauskam, dass der Armbruch ein Unfall war. Das Mädchen hat das ja selbst zugegeben.

– Ja, Trautchen, du hast ja Recht, und ich sehe das auch so. Manchmal denke ich nur –

– Lotte! In unserer Siedlung gibt es so was nicht. Da soll auch nichts reinkommen, kein böses Blut und nichts. Was wissen wir denn schon? Nichts!

– Und was ist mit der Bratwurst beim Nachbarschaftsfest? Der Max, der ist gefräßig, ganz klar, sieh ihn dir nur an. Das muss schwer sein für Christian und Heike, wenn der frisst und frisst und immer dicker wird. Da fragt man sich, wo das noch hinführen soll, das fragt man sich wirklich. Aber letztes Jahr beim Nachbarschaftsfest, da hat ihn der Christian gezwungen, diese viel zu heiße Bratwurst zu essen. Er hat sie ihm regelrecht in den Mund gestopft und Max hat dabei in die Hose gemacht. Man konnte richtig dabei zusehen, wie der Fleck auf seiner Hose immer größer wurde. Und dabei hat der Christian so normal ausgesehen, er hat sogar immer wieder Leute gegrüßt, ganz freundlich, wie wir ihn hier kennen. Da hab ich dann gedacht, das *kann* gar nicht sein, hab ich gedacht. Das kann nicht sein, was ich da gesehen habe. Aber eigenartig war es doch.

– Lotte, glaub mir das mal, so was kann alles Mögliche bedeuten. Alles Mögliche! Ich wette, in Wahrheit war alles ganz anders, als es ausgesehen hat. Und unter uns: Heutzutage darf man sich ja überhaupt nichts mehr erlauben. Die in der Zeitung würden einem am liebsten auch noch die Ohrfeigen verbieten. Früher hat das doch auch keinen interessiert. Und geholfen, nicht, geholfen hat das doch immer.

In diesem Moment hätte ich die Tür aufreißen und etwas schreien sollen, ich war so wütend und dachte, also doch, also doch, die ganze Zeit: also doch! Und ich dachte auch an Max und daran, wie er gestern in seine Bratwurst gebissen hatte, so vorsichtig und ängstlich, und genau das hätte ich schreien sollen: dass es doch sein kann und dass es zufällig auch so war. Nur – ich konnte nicht schreien, denn erstens hatte ich Max und Julia etwas versprochen und zweitens wollte ich ja noch weiter zuhören, wer weiß, wann meine Großmutter noch einmal etwas zu diesem Thema sagen würde. Als ich mein Ohr wieder an die Tür hielt, redete aber erst mal Trautchen und sagte:

– ... wäre schließlich auch Heikes Aufgabe. Aber die schaut ja immer nur weg. Wenn sie nicht gerade selber dran ist. Wenn du mich fragst, ist das alleine ihre Sache. Sind schließlich ihre Kinder.

– Ein Häufchen Elend ist die Heike. Ganz schwach.

– Obwohl. Heike war diejenige, die letzte Nacht gesucht hat. Ist die ganze Zeit herumgefahren. Christian soll vor dem Haus gestanden und auf die Kinder geschimpft haben. Du weißt schon: Wenn die mir wieder unter die Augen kommen! Heike hat noch nie gesucht, früher. Wir wissen ja, wie selten die überhaupt auf die Straße geht. Und jetzt? Die ganze Nacht.

– Das kann man sich gar nicht vorstellen.

– Du hättest sie sehen sollen heute Vormittag. Die sah ganz anders aus als sonst.

– Verzweifelt, Trautchen?

– Ja, ja, verzweifelt, natürlich. Aber da war noch etwas anderes, Entschlossenheit, ja. Das war es. Entschlossenheit.

Mein schweißnasses Ohr klebte an der Tür, auch mein rechter Unterarm, und als ich beides vorsichtig abzog, brachte ich die Tür zum Wackeln. Mein

Herz wackelte gleich mit und blieb dann für einen Moment stehen – was, wenn mich drinnen jemand gehört hatte und mich nun auf frischer Tat ertappte? Was sollte ich dann sagen – oh, Verzeihung, mein Ohr hat gejuckt und ich musste es kurz an der Tür scheuern? Zum Glück wurde drinnen einfach weitergeredet. Ich wischte mein Ohr an meiner Schulter trocken und hielt es dann wieder an die Tür. Genau wie vorhin hörte ich als Erstes Trautchen:

– ... haben sie neulich ein Krankenhaus verklagt. Die haben dort auch so was behauptet, und dann hat es nicht gestimmt. Wenn ich daran denke, wie viel die von der Klinik zahlen mussten! Da überlegt man es sich zehnmal, nicht, ob man was sagt. Und sagt dann am Ende besser doch nichts.

– Die Else. Trautchen, bei euch war sie doch auch. Die hat bestimmt bei zehn Leuten geklingelt. Und ist dann auch verklagt worden.

– Selber schuld. Solche Behauptungen aufzustellen. Das ist Rufmord, wenn du mich fragst, Lotte. Das ist Rufmord und fertig.

– Ich meine ja nur. Bestimmt sind die wieder weggelaufen. Aber wenn nicht? Wenn Christian einen schlechten Tag hatte?

– Blödsinn! Wie kommst du denn darauf? Die sind bei der Tante, das scheint ja eine Art Hobby von denen zu sein.

– Die Mascha hat was erzählt. Durchs Fenster

hat sie geguckt oder so. Christian hat irgendwas mit Max gemacht. Mehr weiß ich auch nicht.

– Und du glaubst einer, die in fremde Häuser sieht? Und überhaupt, hat Mascha irgendwelche Beweise? Ohne Beweise bringt sie uns alle hier in Teufels Küche. Uns alle hier, verstehst du? Dann ist es vorbei mit der Gemeinschaft, mit den Nachbarschaftsfesten. Aus und vorbei. Und wir? Stecken dann drin in all dem Elend. Obwohl wir gar nichts damit zu tun haben. Nichts und wieder nichts.

– Trautchen, ich weiß ja, ich weiß das doch alles! Ich will damit doch auch nichts zu tun haben. Und ich hab Mascha auch gesagt, dass sie sich da raushalten soll. Weil da ja auch gar nichts passiert ist, weil das ja alles gar nichts bedeuten muss. Und Mascha erzählt auch nichts mehr, das Ganze scheint sie irgendwie nicht mehr zu interessieren.

– Gutes Mädchen!

– Da ist nur ... ach ... diese Situation jetzt. Und Edgar. Ich hab kurz gedacht, dass wir etwas sagen müssten. Der Edgar wohnt doch nicht in der Siedlung, der kennt Christian nur aus dem Verein, und –

– Also, Lotte. Noch mal ganz langsam. Zum Mitschreiben. Haben wir Beweise?

– Nein! Nein.

– Wissen wir irgendetwas Genaues?

– N...ein. Gar nichts wissen wir. Wir wissen überhaupt nichts.

– Gut. Und dabei bleibt es auch.

einunddreißig

Dabeibleibtesauch.

Da-bei-bleibt-es-auch.

Schreien, nein, schreien durfte ich immer noch nicht, keinen einzigen Schrei durfte ich ausstoßen und wurde stattdessen von meiner eigenen Wut aufgefressen. Diese Wut war so groß, dass sie meine Ohren dröhnen und mein Gesicht brennen ließ; sie kletterte in meinen Rachen und verwandelte sich dort in lauter verschluckte, nicht geweinte Tränen.

Dann sah ich es. Das Portemonnaie meiner Großmutter. Ich blieb mit meinem Blick eher zufällig daran hängen, und auf einmal kam mir eine Idee, von der ich gleich wusste, dass sie nicht zu meinen besten gehörte. Aber sie tat mir ungeheuer gut in diesem Moment, und nur das zählte jetzt. Die Geldbörse öffnete ich ganz leise, obwohl das wahrscheinlich gar nicht nötig gewesen wäre, denn in der Küche wurde immer noch geredet. Aber ich wusste ja nicht, wo mein Großvater gerade war, vielleicht ganz in der Nähe, und es konnte auch sein, dass er ein besonders gutes Gehör hatte, das auf Druckknöpfe und Reißverschlüsse spezialisiert war.

Ich sah also ganz vorsichtig in die Geldbörse und entdeckte dort 45 Euro, vier Scheine, die meine Großmutter nicht mehr verdient hatte nach allem, was mir ins rechte Ohr gekommen war. Als ich das

Geld aber in der Hand hielt, wurde mir klar, dass ihr das leere Fach sofort auffallen würde, und das wollte ich auf jeden Fall vermeiden. Zum Glück fiel mir gerade noch rechtzeitig ein, dass meine Großeltern im Schlafzimmer diese Geldschachtel versteckt hatten, in dem sie ihre Ersparnisse für die Busreisen im Frühjahr aufbewahrten.

Als ich die Tür zum Schlafzimmer öffnete, zuckte ich kurz zusammen, denn dort, auf der linken Seite des Ehebettes, lag ausgerechnet mein Großvater! Aber nur auf den ersten Blick, das, was ich sah, waren in Wirklichkeit eine Hose und ein T-Shirt, die irgendwer wie einen Menschen angeordnet hatte. Der Schreck saß mir in allen Gliedern und es dauerte eine Weile, bis ich wieder halbwegs normal atmen konnte.

Die Schachtel mit dem Geld. Wo sie sich befand, wusste ich, meine Großmutter hatte sie mir mal gezeigt, als sie kein Bargeld mehr hatte und einen Geldschein für meine Rückfahrkarte heraussuchen wollte. Es war eine uralte Pralinenschachtel, kirschrot mit einem fotografierten Metallschnörkelgitter und Rosen drauf, *Edle Mischung*, 19 Stück. Und seit eh und je lag diese altmodische Schachtel im Nachtschrank meiner Großmutter und wartete darauf, für die nächste Busreise im Frühjahr geöffnet zu werden.

Bis zum Frühjahr war es noch lang, und ich spreizte Daumen und Zeigefinger und hob den Deckel hoch. In der Schachtel lag ein kleiner Stapel

Geldscheine, von denen die meisten rotbräunlich-gelb und einige auch grün waren. Ich hatte solche Scheine erst selten in der Hand gehabt, höchstens mal an meinem Geburtstag, weil mein Vater nie wusste, was er mir schenken sollte.

Dafür wusste ich jetzt, was ich Julia und Max schenken konnte. Es war Freitag, und das einzige große Kaufhaus der Stadt hatte noch bis zum Abend geöffnet. Ich hatte einen grünen Schein und würde ihnen so viele schöne Sachen kaufen, dass sie gar nicht mehr merkten, wie fürchterlich unbequem es im blauen Haus war. Aus dem Gästezimmer holte ich noch meinen Rucksack, den ich immer mit nach Barenburg nahm, weil mein Koffer für sechs Wochen ein paar Zentimeter zu klein war. Dann öffnete ich die Haustür und brüllte über die Schulter, tschüs, ich geh noch mal los.

zweiunddreißig

Um ins Zentrum zu kommen, musste ich nicht erst durch die Siedlung gehen, sondern konnte mich links halten und war dann schnell in einem anderen Wohngebiet. Trotzdem kriegte ich mit, dass in der Siedlung ziemlich viele Leute unterwegs waren, auf alle Fälle mehr als sonst. Drüben auf der anderen Straßenseite unterhielten sich aufgeregt zwei ältere Frauen, die ich vom Sehen kannte, und auch sonst war von der Stille, die hier immer geherrscht hatte, fast gar nichts mehr übrig geblieben.

Es lag etwas in der Luft, das spürte ich. Ich musste an Julia und Max denken und daran, was bei ihnen gerade in der Luft lag, dieser furchtbare Geruch nämlich, der mitten am Tag wahrscheinlich kaum auszuhalten war. Ich musste mich wirklich beeilen, um die beiden bei Laune zu halten, außerdem wollte ich sie ja noch überreden, in der Nacht mit mir in die Fabrik zu schleichen.

Als ich nach einer Viertelstunde endlich im Kaufhaus war, hetzte ich durch die Abteilungen und erstand so viele Sachen, dass ich mich immer wieder fragte, wie ich das alles überhaupt zu Max und Julia schleppen sollte. Am Ende platzte mein sonst immer zu großer Rucksack fast aus allen Nähten und ich hatte Mühe, ihn überhaupt zuzumachen.

Das war alles im Rucksack drin:

Nagellack
Die große Spielesammlung (reduziert)
Ein Karton mit Bausteinen
Eine Box mit Perlen zum Auffädeln
Eine Picknickdecke
2 kleine Kissen (reduziert)
Ein Piraten-Shirt (sehr groß)
Eine Autozeitschrift
Eine Mädchenzeitschrift
Ein A3-Zeichenblock
12 Filzstifte
Marshmallows
5 Riesentafeln Schokolade
Zuckerwatte in Plastikbechern
2 große Tüten Gummibärchen
Pappteller, Pappbecher und Plastikbesteck
Servietten
3 Tüten Chips
Eine Tüte Salzbrezeln
Muffins
3 große Flaschen Limonade

Für das restliche Geld kaufte ich an einer Imbissbude eine Riesenportion Pommes rot-weiß und zwei große Hamburger und machte mich dann, mit meinem prall gefüllten Rucksack und der Plastiktüte mit dem warmen Essen, auf den Weg zum blauen Haus. Es war mittlerweile nach drei und Max und Julia würden schon warten, schließlich war ich über zwei Stunden weg gewesen. Ich stellte mir vor, wie sie gegen die Tür hämmerten und sich dabei alle möglichen Schimpfnamen für mich ausdachten. Sie konnten eben nicht verstehen, wie gut es für sie war, in dem Häuschen zu sein, wo sie von niemandem gehauen oder geschubst wurden.

Trotzdem – obwohl es spät war, beschloss ich, am Haus der Brandners vorbeizugehen, ich war neugierig und, das merkte ich jetzt wieder, richtig aufgeregt. Im Zentrum hatte keiner so ausgesehen, als hätte er schon was von den verschwundenen Kindern mitgekriegt, aber je näher ich unserer Siedlung kam, desto stärker klopfte mein Herz. Ich dachte kurz darüber nach, ob ich mich mit dem Rucksack und der Plastiktüte wirklich vor dem Haus der Brandners blickenlassen durfte, schließlich würde jedem sofort klar sein, wofür ich mein schweres, verdächtiges Gepäck brauchte. Aber das spielte keine Rolle mehr, denn als ich eine größere Straße überqueren wollte und dafür nach links blickte, dorthin, wo ungefähr fünfzig Meter weiter auf der einen Straßenseite eines der vielen anderen Maisfelder dieser Gegend anfing, begriff ich es sofort.

Die Leute am Feldrand.

Männer, Frauen, zu einer langen Kette aufgefädelt.

Schwarz gekleidet.

In den Händen lange Stöcke.

Hundeleinen. Hunde.

Hunde.

Sie hatten mit ihrer Suche begonnen.

dreiunddreißig

Nein. Nein! Ich rannte über die Straße und wurde dabei fast von einem Auto überfahren, quietschend und wahrscheinlich in allerletzter Sekunde bremste es, aber ich rannte mit meinem schweren Gepäck einfach weiter und hörte noch, wie mir der Autofahrer etwas hinterherbrüllte. Und ausgerechnet jetzt rissen auch noch die dünnen Henkel der Plastiktüte und sorgten dafür, dass sie aus heiterem Himmel und mit einem heftigen Knall auf den Weg fiel. Ich bückte mich, presste die Tüte an meinen Bauch und rannte weiter. Oh Gott!

Überall Hitze.

Kein Windhauch.

Trotzdem. Ich zitterte.

Erst jetzt hörte ich auch das knatternde Geräusch über mir, und zu allem Unglück flog da tatsächlich ein Hubschrauber, weiß und schwarz und rot, ungeheuer langsam trug er dieses schlimmste aller Wörter durch die Luft, in großen, dunklen und drohenden Buchstaben: POLIZEI. Wahrscheinlich hatten mich die Männer, die diesen Hubschrauber flogen, schon längst entdeckt und gemerkt, wie ich mit glühendem Kopf und komischem Gepäck durch die Gegend eilte, aber dann sah ich, dass der Hubschrauber in eine völlig andere Richtung knatterte und keine Anstalten machte, mich in irgendeiner Weise zu beachten.

Ich war mittlerweile schon fast am Haus meiner Großeltern angelangt, bog dann aber in einen kleinen Seitenweg ein, damit ich ihnen mit dem Rucksack und der Tüte gar nicht erst auffallen konnte. Immer wieder sah ich Leute, die in den Himmel schauten und den Kopf schüttelten oder etwas murmelten, bestimmt waren Polizeihubschrauber für den sauberen Siedlungshimmel überhaupt nicht vorgesehen.

Plötzlich merkte ich, dass meine Beine keine Kraft und auch keinen Mut mehr hatten, mich auch nur einen einzigen Schritt weiterzutragen, und oberhalb dieser Beine spürte ich nur klopfende Angst und Hitze. Irgendwie schafften sie es dann aber doch, mich zum Brandner-Haus zu bringen, und plötzlich war ich wieder inmitten dieser Leute, die wild durcheinanderredeten und wichtig dastanden, und das, obwohl doch keiner von ihnen hier irgendwas ausrichten konnte. Merkwürdigerweise schien das aber niemanden auch nur im Geringsten zu kümmern.

Als ich mich umdrehte, sah ich schräg gegenüber den alten Herrn Benrath, der mit leuchtenden Augen hinter seinem Gartenzaun stand, zu winken anfing und damit niemand anderen als mich meinte. Eigentlich wollte ich so tun, als hätte ich nichts gesehen, aber dann fiel mir ein, dass ich von Herrn Benrath, falls er einen guten Tag hatte, irgendwas erfahren könnte.

– Herr Benrath, hallo!

– Mädchen, Kind, Mascha, ich hab einen schönen Kaffee für dich, nicht wahr. Mit richtiger Sahne.

– Aber –

– Komm, meine Liebe, ich mach dir gleich einen!

– Wissen Sie, eigentlich möchte ich überhaupt keinen Kaffee. Ich wollte nur fragen, also, ich wollte nur mal wissen, was hier eigentlich los ist. Sie haben doch hier so einen guten Platz.

Herr Benrath strahlte immer noch und ließ seinen runzligen Kopf jetzt langsam nicken, ja, ja, sagte er freundlich, und jetzt sind sie weg. Jetzt kriegen alle einen großen Schreck! Und wie schon vor ein paar Wochen wurde das Gesicht des alten Mannes kurz nach seiner Einleitung auf einmal starr und ernst, wodurch es wie eine Geisterfratze aussah. Und wie ein Geist flüsterte mir Herr Benrath zu:

– Jetzt kriegen es alle mit der Angst zu tun. Vielleicht sind sie doch nicht weggelaufen, nicht wahr, am Ende ist doch was passiert.

– Aber vorhin haben doch noch alle geglaubt, dass die Kinder von selber weg sind, Herr Benrath. Das hat doch sogar die Polizei gesagt.

– Von selber weg. Von selber.

– Ja, haben die doch gesagt. Die Leute und die Polizisten und so.

– Und jetzt glauben sie das eben nicht mehr. Keiner hat sie irgendwo gesehen, die beiden Kinder von drüben. Nicht einmal diese Tante, von der sie hier alle geredet haben. Die haben sie jetzt endlich erreicht, nicht wahr, und die wusste dann nichts von den Kindern. Nicht wahr, jetzt glauben sie das nicht mehr.

– Aber was glauben sie *dann*? Was denn?

Herr Benrath sah mich immer noch mit seinem todernsten Fratzengesicht an, hörte aber zu reden auf, ausgerechnet jetzt. Und dann, nach ein paar Sekunden, fing er zu strahlen an, obwohl es hier rein gar nichts zu bestrahlen gab. Ich sah wieder zu den Leuten vor dem Brandner-Haus und hatte das Gefühl, eines dieser Nachbarschaftsfeste zu erleben, nur dass die Bratwurst fehlte und das Bier und der Grund zum Feiern. Und inmitten dieser ganzen Menschen entdeckte ich auch Frau Janssen, obwohl die ebenso gut von ihrem Gartenzaun aus hätte zuschauen können, so wie ihr das Herr Benrath gerade vormachte. Sie unterhielt sich aber, ausgerüstet mit Gartenschürze und Kopftuch, lieber angeregt mit einem älteren Mann. Dabei gestikulierte sie abenteuerlich in der Luft herum, und als sie aus irgendeinem Grund zu ihrem Garten zeigte, sah sie mich am Zaun ihres Nachbarn stehen. Mascha!, rief sie, Mascha, komm doch mal rüber zu uns. Mit dem gebogenen Zeigefinger ihrer rechten Hand wollte sie mich zu sich locken, wie eine Hexe aus dem Märchenbuch. Vergessen Sie's, dachte ich, lassen Sie mich bloß in Ruhe, und ich drehte mich schnell weg, verabschiedete mich von Herrn Benrath und schleppte den Rucksack, die Plastiktüte und mich davon.

vierunddreißig

Im blauen Haus roch es fürchterlich, und was da seinen Duft verströmte, war längst nicht nur der Eimer in der Ecke, der jetzt wieder voll war. Es war heiß im Haus und unerträglich stickig, und neben dem Eimergeruch gab es auch noch Schweißgeruch und Matratzengeruch und Gammelgeruch. Mein Blick fiel auf die schmutzigen Plastikdosen von gestern Abend, der Geruch nach verdorbenem Essen ging sicherlich von ihnen aus.

Still war es.

Ganz still.

Hier drin hörte man nichts von Hubschraubern und Hunden und Frau Janssen, das alles gehörte in eine andere Welt und kam mir fast so vor, als wäre es gar nicht passiert. Und Max und Julia? Die passierten, und zwar direkt vor meinen Augen. Aber sie merkten im Moment nicht viel davon, denn sie lagen beide auf der Matratze und schliefen.

Atmeten, schnarchten leise.

Sonst nichts.

Ich ging näher an sie heran, vorsichtig und fast ohne Geräusch. Es war schrecklich. Was ich sah, war das glatte Gegenteil von dem, was ich gestern auf dieser Matratze gesehen hatte, es war ein unendlich trauriges Bild, zum Heulen und kein bisschen schön. Als Max und Julia gestern so dagelegen hatten, wirkten sie aufgehoben, alles war gut und nichts konnte mehr passieren.

Aber jetzt?

Jetzt sahen sie einfach nur jämmerlich aus.

Julia hatte klebrige, verschwitzte Haare und lag wieder so zusammengerollt da wie gestern, aber diesmal wirkte sie schwach und schutzlos. Ihr Gesicht hatte eine Farbe, für die es noch keinen Namen gab, so eine altmodische Mischung aus Grau und Rot, und mit den Händen hielt sie meinen MP3-Player fest umklammert.

Max lag gefangen in meinen lila Leggins auf dem Rücken, das T-Shirt meines Großvaters war ihm hochgerutscht und gab den Blick auf einen sehr tiefen Bauchnabel frei, der von Max nach oben und unten geatmet wurde. Er hatte beide Arme von sich gestreckt, ein wenig so, als wollte er sich ergeben. Max' Haare waren so nass und verklebt wie die seiner Schwester, und sein Gesicht schien noch mehr als sonst zu glühen, rot glänzte es gegen das Großmutterweiß des Bettlakens.

Eine Weile stand ich nur da und starrte Max und Julia an, bis mir klar wurde, dass es Sinnvolleres gab, als hier einfach nur rumzustehen.

Man konnte zum Beispiel den Raum lüften, jetzt, wo keiner weglaufen würde. Den Eimer ausleeren. Ich drehte mich um, nahm den Eimer und ging nach draußen. Die offene Tür des blauen Häuschens im Rücken, kippte ich alles ins Feld und blieb stehen. Ich hielt die Luft an und lauschte. Konnte man schon irgendwas hören? Waren sie in der Nähe, war da nicht ein Bellen in der Ferne, ein Hubschrauberknattern? Aber alles, was ich hörte, waren ein paar zwitschernde Vögel.

Einigermaßen beruhigt ging ich ins Haus zurück, ließ die Tür aber weiterhin offen und begann jetzt, meinen Rucksack auszupacken, in Zeitlupe fast, Stück für Stück. Als Erstes zog ich die grün-blau-türkis karierte Picknickdecke heraus und breitete sie auf dem staubigen Boden aus. Dann legte ich vorsichtig alle Dinge darauf, die ich gekauft hatte: das Spielzeug und die Zeitschriften und die vielen Süßigkeiten und dann auch noch die Sachen zum Malen und das Päckchen mit den Servietten. Max' neues T-Shirt faltete ich auseinander und legte es an den Rand der Decke, und den Nagellack für Julia stellte ich auf die Mädchenzeitschrift. Ich packte die Pappteller und die Becher aus und stellte für jeden von uns einen hin. Die Limonade in den Flaschen war noch kalt, und ich freute mich schon jetzt darauf.

Ein leichter Eimergeruch stieg mir in die Nase und mir fiel ein, dass ich den Eimer gar nicht hatte ausspülen können. Schnell ging ich wieder nach draußen und zupfte Gerstenhalme ab, von denen ich eine Handvoll auf den immer noch feuchten Eimerboden warf. Den Rest stellte ich in einen der Plastikbecher, der aber immer wieder umfiel, bis ich ein paar kleinere Steine holte und sie mit in den Becher legte.

Alles sah wunderschön aus, wie ein großer, gedeckter Geburtstagstisch, und ich hätte zu gerne gewusst, wie die Geburtstagstische bei Max und Julia aussahen. Ich fragte mich, was man Kindern schenkt, die man sonst vor allem haut oder schubst, und ob das dann besonders viele oder besonders wenige Päckchen sein müssten. Aber eigentlich wusste ich die Antwort schon, denn mir fiel ein, dass Max und Julia beide Markenklamotten trugen, na gut, zumindest normalerweise, wenn sie gerade mal keine lila Leggins aus dem Sonderangebot anhatten. Wahrscheinlich – ganz bestimmt – konnten sich die beiden nicht gerade über einen leeren Geschenketisch beklagen, und –

In diesem Moment bewegte sich Julia und seufzte. Ich stand schnell auf und schloss vorsichtshalber die Tür zu. Es tat sich dann aber doch nichts auf der Matratze, Julia schlief weiter, und ich stand da und wusste nichts mit mir anzufangen. Ich ging in die eine Ecke und setzte mich auf den Boden. Mein Blick fiel auf das vergilbte Bild an der Wand, das ich früher nie weiter beachtet hatte, weil mir der Goldrahmen viel schöner vorgekommen war als das Gemälde selbst.

Auf dem Bild gab es nur Meer und dann noch ein winziges Boot, wahrscheinlich war dem Maler damals die Farbe ausgegangen und er hatte nur noch Blau gehabt. Wäre ich in einem Trickfilm gewesen, wäre das Bild jetzt auf die eine Seite gekippt und hätte das Wasser in den Raum geschüttet. Doch noch ehe ich über diesen Gedanken lachen konnte, merkte ich, dass es das war, was hier fehlte: Wasser zum Trinken, Wasser zum Waschen. Sobald die Limonade warm wäre, würde sich keiner mehr über sie freuen, und zum Waschen konnte man sie ja sowieso nicht benutzen, es sei denn, man wollte noch mehr kleben als ohnehin schon.

Wie dumm.

Wie dumm!

An alles hatte ich gedacht, nur an das Einfachste nicht. Max und Julia würden sich vor lauter Durst und Klebrigkeit meinen Fabrikvorschlag gar nicht erst anhören, so viel stand jetzt schon fest. Aber so sehr ich auch darüber nachdachte, wie kompliziert und fast unmöglich so ein Umzug war, ich kam immer wieder zu dem Ergebnis, dass Max und Julia auf keinen Fall hierbleiben durften. Nach Hause konnten sie aber noch viel weniger gehen, ich hatte ja erst gestern gehört, was ihr Vater zu diesem Thema zu sagen gehabt hatte.

Da fiel mir das Handy ein.

Mein Plan von vorhin.

Sie würden es mir nicht glauben, bestimmt nicht, aber einen Versuch war es wert.

Und als hätte sie meine Gedanken gelesen, wachte Julia nun endgültig auf. Langsam richtete sie sich auf und sah mich dann mit weit aufgerissenen und trotzdem müden Augen an.

Das war mein Moment.

Meine Chance.

Und bevor Julia irgendetwas sagen konnte, zog ich mein Handy aus der Hosentasche und rief fröhlich, gute Nachrichten, hier, guck doch mal, was euer Papa mir geschrieben hat, eurer Mama geht es nämlich besser jetzt, und Julia brauchte schätzungsweise anderthalb Sekunden, um zu mir zu stürzen und die SMS ihres Vaters zu lesen.

fünfunddreißig

alles o.k. mein frau ist wieder gesund bin bald zurück lg cb stand da, und Julia las es dreimal laut und vergaß zum Glück jedes Mal, den peinlichen Fehler mitzulesen, der mir dummerweise erst jetzt auffiel. Ich hielt mein Handy die ganze Zeit in der Hand und verdeckte mit meinem Daumen die Anzeige der Nummer. Julia ließ sich nicht anmerken, ob sie die SMS glaubte oder nicht, alles o.k., wiederholte sie, dann fiel ihr Blick auf die Picknickdecke und sie stieß einen kleinen, überraschten Schrei aus, von dem Max aufwachte. Julia sah schockiert aus und fassungslos, aber auch erfreut, alles auf einmal.

– Mascha. Mascha! Was ist das da? Was soll das sein?

– Das ist für euch. Das da ist alles für euch.

– So viel? Woher hast du das?

– Gekauft, wieso? Einfach nur gekauft.

– Woher ... woher hast du das Geld?

– Na ja. Gespart.

– Aber ich – und Papa – Mama – was ist denn das jetzt alles? Ich versteh das nicht. Und, also, können wir das behalten?

– Klar, das gehört doch jetzt euch!

Max erhob sich ächzend von der Matratze, ging sehr langsam und taumelnd zur Picknickdecke und kniete sich zwischen die Autozeitschrift und die Tüte mit den Marshmallows. Vorsichtig nahm er alle Kartons und Tüten und Päckchen in die Hand und drehte alles mehrmals herum, und immer wieder kratzte er sich am Hinterkopf wie einer, der wirklich überhaupt nichts verstand. Und das konnte man ja auch gar nicht verstehen, dafür hätte man schließlich dabei sein müssen, als sich meine Großmutter und Trautchen in der Küche unterhielten.

Aber offensichtlich war das Max vollkommen egal, denn er schnappte sich jetzt das Piratenshirt und zog es über das gelbe Großvater-T-Shirt, wobei er dunkle, angestrengte Laute von sich gab. Dann machte er sich, eingequetscht in das leider doch zu enge schwarze Oberteil, über die Plastiktüte her und wickelte alles aus, die Hamburger und die Pommes. Unbeholfen und sehr langsam verteilte er das Essen auf den Papptellern, ein paar Pommes fielen auf die Decke, und Max stöhnte leise, hörte aber nicht auf mit seiner Arbeit. Er versuchte die Servietten aus ihrer Verpackung zu befreien und brauchte ein paar Minuten, bis er mit seinem Zeigefinger die Folie durchbohrt hatte.

Immer wieder floss ihm der Schweiß ins Gesicht, aber er wischte ihn geduldig weg, zumindest halbwegs, und unter der übrig gebliebenen Schweißschicht erkannte ich etwas, das wie ein feines Maxlächeln aussah. Mit großer Hingabe faltete er drei

Servietten zu nicht sehr gleichschenkligen Dreiecken und legte eine neben jeden Teller, und jetzt sah alles noch viel schöner aus und erinnerte noch viel mehr an einen herrlichen vollen Geburtstagstisch.

Max war so beschäftigt, dass er uns gar nicht mehr zu bemerken schien, aber als er alles angerichtet hatte, blickte er mich an und fragte mit seiner selten benutzten Stimme, warum denn nur zwei? Erst jetzt fiel mir ein, dass ich ja im Grunde gar nicht vorhatte, hier mitzuessen, weshalb ich für mich auch gar keinen Hamburger mitgebracht hatte. Ach, sagte ich, lass mal, Max, die Pommes reichen mir völlig, lass mal, ich mach mir sowieso nichts aus Hamburgern.

Kurz darauf hatten wir uns alle einen Platz auf der überfüllten Decke freigeschaufelt und aßen und schmatzten und ich merkte, wie ich ruhiger und wie überhaupt alles im blauen Haus friedlicher und fast gut wurde. Wir tranken die kalte Limonade, und Max hatte sich schon einen Muffin genommen und ordentlich neben seinen Teller gelegt, es schien ihm zu schmecken, alles schien ihm zu schmecken, und immer wieder nahm er eine von den gekauften Sachen hoch, betrachtete sie kauend und legte sie dann wieder hin. Und auch Julia fand zwischen den einzelnen Bissen immer wieder Zeit, sich die Dinge anzusehen, und ab und zu, so ganz zwischendurch, sagte sie mit vollem Mund, Mensch, Mascha!

sechsunddreißig

So war das jetzt.

So schön.

Es war ein Essen, wie ich lange keines mehr erlebt hatte, vielleicht sogar noch nie in meinem Leben. Alles fühlte sich so leicht an, und die Pommes waren weich und lauwarm und schmeckten trotzdem sagenhaft gut. Es hätte ewig so weitergehen können, Jahre und Jahrzehnte, bis wir dann ganz alt und verschrumpelt immer noch hier gesessen hätten und die Pommes immer noch nicht kalt gewesen wären.

Als die Pappteller leer waren, machten wir uns über die Süßigkeiten her, stopften uns die Zuckerwatte in den Mund und die Marshmallows gleich hinterher. Max schaffte es sogar noch, zwischendurch immer wieder große Stücke von der Schokolade abzubrechen, und sein Mund war nie länger als eine Sekunde leer.

Ab und zu verkündete einer von uns fröhlich, jetzt aber, jetzt hör ich wirklich auf!, nur um dann gleich wieder nach dem nächsten Marshmallow oder der nächsten Portion Gummibärchen zu greifen oder Limonade zu trinken, und irgendwann, als Max seine Schokolade gerade mit einem zu groß geratenen Schluck des gelben Gebräus hinuntergespült hatte, stieß er seinen so lauten Rülpser aus, dass das blaue Haus, ich schwöre, dass das blaue Haus zu wackeln anfing.

Und dann ging es los.

Erst leise, sehr leise.

Vorsichtig.

Aber dann lachten wir so laut und so heftig, dass uns die Tränen in die Augen schossen und wir uns die vollen Bäuche halten mussten; wir ließen uns seitlich auf die Decke fallen, landeten mit den Köpfen auf Zeitschriften und Schokoladenpapier und lachten und lachten und lachten, das alles hörte gar nicht mehr auf, es tat weh im Bauch und war warm und groß. Julia setzte sich auf, lachte weiter und schnappte sich übermütig das Fläschchen mit dem Nagellack, Farbe: Pflaumenlila, Geruch: fürchterlicher Gestank. Ihre Finger konnte sie vor Lachen nicht stillhalten, aber das störte sie nicht, sie malte über die Ränder ihrer Fingernägel hinweg und bekam beim Anblick jeder neuen pflaumenfarbenen Fingerkuppe einen zusätzlichen Lachanfall.

Jetzt schnappte sich auch Max die Filzstifte, zog den dunkelblauen aus der Verpackung und malte sich dann gleich seine Fingerkuppen an, wobei die Fingernägel noch am wenigsten von der Farbe abbekamen. Auch er lachte immer weiter, sein Gesicht war vom Schweiß und von den Tränen ganz nass, und in seinen winzigen Lachpausen schnappte er lauthals nach Luft.

Ach.

Es tat so gut.

Dieses Lachen.

Alles hier.

Aber weil man wahrscheinlich sterben müsste, wenn man sein gesamtes Leben durchlachte, und weil uns allmählich die Kraft ausging, wurde unser Lachen nach einer Weile leiser, bis es irgendwann weg war.

Schließlich öffnete Julia einen der Kartons und wir spielten uns bestimmt eine Stunde lang durch die *Große Spielesammlung*. Dann verzog sich Max mit dem Zeichenblock, den Stiften, einer Tüte Gummibärchen und einer Tüte Chips auf die Matratze und ließ uns und die Spiele und auch die extra für ihn gekaufte Autozeitschrift fröhlich links liegen.

Jetzt saßen also nur noch wir beide auf der Picknickdecke, Julia und ich. Wir spielten noch eine Weile *Mensch, ärgere dich nicht*, aber das wurde schon bald langweilig. In Julias Hosentasche steckte mein MP3-Player, das sah ich erst jetzt, sie musste ihn vorhin schnell da hineingestopft haben, bevor sie zu mir und meinem Handy gekommen war. Und auf einmal wurde mir klar, wie sehr mir die Lieder von Leonard Cohen fehlten. Gerade jetzt, in dieser chaotischen Zeit, hätte ich sie gut gebrauchen können: auf den Wegen, die ich zu gehen hatte, in den Momenten, in denen jemand von mir verlangte, eine Frage zu beantworten, überhaupt immer.

Ich wusste nicht so richtig, wie ich anfangen sollte, die Sache war mir irgendwie peinlich, und ich wollte ja auch nicht geizig erscheinen, geizig, das war höchstens was für alte Leute. Aber meine Musik war mir wichtig, und das siegte dann am Ende, Julia, fragte ich, brauchst du den noch, und Julia sagte, was, den Player, wieso? Ja, den brauch ich unbedingt.

– Aber Julia. Weißt du. Irgendwie brauche ich die Musik. Es ist ganz komisch, wenn ich die nicht hab.

– Wenn wir wieder zu Hause sind, kriegst du die Musik zurück.

– Ich –

– Weißt du, Mascha, die Musik. Die Musik hier. Die ist gut. Ich höre nur wenig, weil der Akku fast leer ist, ganz wenig hör ich nur. Die Musik hier ist etwas Gutes.

– Na ja. Ich weiß schon, was du meinst. Wenn man das hört, dann kann man alles schaffen. Verstehst du? Wenn ich die Lieder höre, hab ich meinen Papa hier, und ich bin auch größer und alle Leute hören mir zu. So ist das bei mir.

– Und dann kann einen keiner kriegen, oder? Wenn man dadrin ist, kriegt einen keiner mehr, das stimmt doch, Mascha? Die Musik ist um einen herum. Um mich.

– Um mich doch auch.

Und als ich das gesagt hatte, stopfte Julia meinen MP3-Player noch tiefer in ihre Hosentasche und fing dann an, sich mit der Perlenschachtel zu beschäftigen. Sie löste umständlich das Klebeband von der

Pappe und hob dann vorsichtig den Deckel, im Moment schienen für sie nur noch die Perlen zu zählen. Mit leichtem Schielen und gekräuselten Lippen fädelte Julia sie mit ihren pflaumenfarbenen Fingern auf, und ich schaute zu Max, der mit einer komischen Zufriedenheit über sein Bild strich. Ich hatte ihn in der letzten halben Stunde kaum bemerkt und nur hin und wieder das Quietschen der Filzstifte mitbekommen. Er schien sich über das, was er gemalt hatte, wirklich zu freuen. Jetzt wurde ich neugierig, ich wollte unbedingt sehen, was jemand wie Max für Bilder malte, und als ich zu ihm hinübergelaufen war und mich über seinen Zeichenblock beugte, da war alles –

Alles war braun.

Man konnte noch sehen, dass er etwas gezeichnet hatte, ein wenig Grün schimmerte durch und ein paar Striche Blau, auch Rot war hier und da zu entdecken. Aber das meiste blieb hinter der braunen Farbe versteckt, und man konnte nicht mal ahnen, was die Zeichnung am Anfang dargestellt hatte. Außer dass es wahrscheinlich nichts mit Bäumen und Häusern zu tun hatte, sonst hätte er das alles ja nicht übermalen müssen.

Ich wollte Max gerade fragen, hey, was soll das denn sein? Aber in diesem Moment rief Julia plötzlich Scheiße! Scheiße! Scheiße!, und als ich mich zu ihr drehte, sah ich, dass all ihre Perlen vom Faden gerutscht waren. Ihr Gesicht war jetzt feuerrot, und mit all ihrer Wut und all ihrer Kraft warf sie jede einzelne Perle gegen das vergilbte Meeresbild. Und mittendrin, ungefähr bei Perle neunundvierzig, zischte Julia, ohne mich dabei anzusehen, und jetzt sag ich dir mal was, Papa hat noch nie im Leben o.k. gesagt, und er hat auch noch nie eine SMS geschrieben, SMS ist was für Dumme, hat er gesagt.

siebenunddreißig

Und dann.

Dann schrie sie.

Ohne Warnung, ohne alles.

Sie schrie und schrie und schrie, alles schien sie aus sich herauszuschreien, ich will hier raus, tobte sie, ich will jetzt hier raus, sofort will ich hier raus, verdammt noch mal, ich will hier raus! Wie eine Furie rannte sie im Haus umher, trat auf die Spiele und die Süßigkeiten und sogar auf die fettigen Pappteller, Mascha!, schrie sie, du blöde Kuh, du blöde, blöde Kuh, was machst du hier mit uns? Sie rüttelte an der Tür und am Fenstergitter, aber nichts ließ sich öffnen, und Julia wurde dadurch nur noch wütender und schrie, wir stinken, riechst du das nicht, wir schwitzen und kleben und können nicht aufs Klo, weißt du, wie schrecklich das ist, los, sag jetzt, was haben wir dir getan?

Obwohl Julias Brüllen wirklich unglaublich laut war, konnte ich auf einmal die leise Stimme von Max hören. Er hatte sich auf der Matratze zusammengerollt und machte etwas Komisches: Er streichelte seine eigene Wange. Es sah aus, als würde er sich selber trösten, immer wieder flüsterte er sich kleine, beruhigende Dinge zu, und plötzlich wurde mir klar, dass er sich wohl gerade von seinem ausgedachten Pablo beruhigen ließ. Ich stand kurz da und schaute auf Max und diese gespenstische Szene, aber plötzlich baute sich Julia vor mir auf und schubste mich so heftig, dass ich nach hinten auf die Picknickdecke mit den Sachen fiel. Damit hatte ich nicht gerechnet, mir schossen Tränen in die Augen und ich merkte, dass ich mich mit der rechten Hand auf einen Pappteller stützte, und zwar auf die Stelle mit den Ketchupresten. Langsam versuchte ich aufzustehen, wurde von Julia aber gleich wieder zurückgeschubst, los, Mascha, rief sie wütend und mit so etwas wie einem grimmigen Lachen, du erzählst jetzt sofort, was das hier soll.

Ich meine. Julia war neun. Und ich dreizehn. Sie war etwas kleiner als ich und sogar noch dünner. Und trotzdem, ich hatte große Angst vor ihr, als ich am Boden lag und sie mit ihrer entsetzlichen Wut über mir stand. Immer mehr Tränen liefen über meine Wangen, und wie von weitem hörte ich Julia sagen, los jetzt, das stimmt doch alles nicht mit Mama und dem Aufpassen, und da fing auch ich an zu schreien, doch, das stimmt!, schrie ich, und dann immer wieder und immer lauter, doch, das stimmt!, doch, das stimmt!, du hast Recht, das stimmt nicht.

– Was sagst du da, Mascha?

Ich war bei den letzten Worten wieder leiser geworden, und das, was ich gesagt hatte, war noch nicht mal Absicht gewesen, die Worte waren irgendwie aus meinem Mund gefallen und lagen jetzt neben mir auf der Picknickdecke. Ich weinte immer noch und fühlte mich so hilflos, aber ich merkte auch, dass zu diesem Gefühl noch ein anderes dazukam: Erleichterung. Wenigstens für die Kinder brauchte ich mir von nun an keine Lügen mehr auszudenken, die konnte ich mir jetzt für die Erwachsenen aufheben.

Julia hockte sich hin und fragte noch mal, was sagst du da? Ich hatte keine Ahnung, wie ich das alles hier erklären sollte, konnte keinen richtigen Anfang finden. Also begann ich erst mal damit, endlich von dieser klebrigen Decke aufzustehen. Julia half mir nicht dabei, aber sie schubste mich auch nicht zurück, genau wie ich stand sie wieder auf und sah mich dann mit böse funkelnden Augen an. Also?, fragte sie, und ich sagte, also?, und dann: Also gut.

achtunddreißig

– Ich hab das nicht mehr ausgehalten, Julia. Was die mit euch machen. Ich wollte, dass die aufhören damit.

– Die? Wieso die? Nur Papa macht was. Und der macht eigentlich auch gar nichts. Gar nichts macht der!

– Aber – ich hab's doch gesehen. Ich hab doch deinen Bauch gesehen und Max, ich hab doch gesehen, wie er am Bilderrahmen gelandet ist.

– Du lügst ja schon wieder! Nichts hast du gesehen. Gar nichts! Gar nichts! Mit uns ist überhaupt nichts! Wir wollen nach Hause, wir wollen jetzt sofort nach Hause!

– Julia! Du hast das doch selber gesagt!

– Ich hab überhaupt nichts gesagt! Du lügst die ganze Zeit! Wieso heulst du eigentlich? Heulen ist was für Memmen, wusstest du das nicht?

– Was? Ich wollte euch doch nur ... jemand hat sogar gesagt ... dein Arm ... dein Arm war gebrochen.

– Das stimmt nicht! Papa hat mich nicht vom Baumhaus gestoßen. Das hat er doch gar nicht!

– Was? Baumhaus? Was für ein Baumhaus?

– Hat er abgerissen.

– Julia, aber, warum sagst du das denn jetzt alles? Heute früh, das hast du doch –

– Weil unser Papa nichts macht, stimmt doch, Max, oder?

Aber Max antwortete nicht. Er wurde auch nicht mehr getröstet, Pablo konnte wahrscheinlich kommen und gehen, wann er wollte. Max kauerte alleine auf der Matratze und weinte, immer wieder schluchzte er, aber leiser als ich, und Julia sagte noch mal, stimmt doch, Max, oder? Ich sagte, wenn der nichts macht, Julia, dann zeig doch mal, zeig mir doch mal deine Arme und deinen Bauch, und Julia schien plötzlich zu erschrecken, panisch hielt sie die Enden ihrer langen Ärmel zwischen Daumen und Zeigefinger und brüllte, wehe, du fasst mich an!

Ich hätte etwas zurückbrüllen können, es war ja sowieso alles egal jetzt, trotzdem redete ich lieber normal mit Julia. Vielleicht würde sie ja doch noch kapieren, dass ich ihnen helfen konnte und dass ich gerade dabei war, genau das zu tun.

– Julia, glaub mir, ihr könnt nicht nach Hause. Euer Papa, der haut euch tot. Da bin ich mir sicher. Und euch hilft doch sonst keiner. Alle sagen –

– Was? Mascha! Bist du verrückt geworden? Du hast uns doch versprochen, dass –

– Hey, keine Angst, ich sag schon nichts. Niemandem. Aber trotzdem, seht ihr das denn nicht? Ihr könnt doch nicht mehr nach Hause! Julia! Merkst du das denn nicht?

– Du sperrst uns ein? Scheiße! Du sperrst uns hier ein! Du spinnst doch vollkommen!

– Aber Julia, ich sperr euch doch nicht ein! Es ist nur –

– Was?

– Na, ihr seid hier –

– Ach, lass mich doch, du denkst dir immer alles nur aus, lass mich bloß in Ruhe!

– Julia, hör mir doch mal zu ... Ich muss ... wir müssen heute Nacht –

– Heute Nacht? Heute Nacht? Du lässt uns jetzt sofort raus hier. Komm, Max, steh auf!

Als sich Max nicht regte, ging Julia zu ihm hin und sagte, los, wir gehen nach Hause! Er lag nicht mehr eingerollt da, sondern saß mit ausgestreckten Beinen auf der Matratze, starr, mit unbeweglichem Gesicht. Julia reichte ihrem Bruder die rechte Hand, aber er schaute daran vorbei und blieb sitzen. Als Julia an ihm zu zerren begann, schlug er plötzlich wild um sich und schrie lauter Dinge, die ich wieder mal nicht verstehen konnte, und dazwischen hörte ich Julia rufen, Mist, verdammter Mist, warum denn ausgerechnet jetzt?

Dann sah ich ihn auch.

Den großen nassen Fleck auf dem Laken.

Und während Julia fluchte und Max nicht aufhörte, sie zu schlagen, ging ich zur Tür, drehte mich um und wusste, dass alles vorbei war. Es gab nichts mehr zu sagen, überhaupt nichts, alles war aus. Und trotzdem brüllte ich etwas, ich schrie, ihr habt überhaupt nichts kapiert, ich wollte euch retten, habt ihr das nicht begriffen? Scheißkinder, ihr! Dann schloss ich schnell die Tür auf, schlüpfte hinaus, knallte sie wieder zu und drehte den Schlüssel um.

Draußen warf ich mich ins Gerstenfeld, nur drei, vier Schritte vom blauen Haus entfernt. Ich drehte mich auf den Rücken, streckte die Arme und Beine von mir und sah wahrscheinlich aus wie Max, der vor ein paar Stunden in dieser Haltung auf der Matratze gelegen hatte. Über mir hing tonnenschwer der Himmel und leuchtete so blau, dass es fast eine Frechheit war. Von allen Seiten umzingelte mich die gelbgraue Gerste, und in meinen Ohren hatte sich Julias Hämmern verfangen, Julia klopfte und schlug gegen die Tür des blauen Hauses und schrie, schrie, Hilfe!, verdammt noch mal!, und auch Max schrie, aber auf seine Weise, die man gut von Julias unterscheiden konnte. Die Kinder tobten da drinnen, und ich lag im Feld und konnte nichts mehr machen, noch nicht einmal das Einfachste: aufstehen und gehen. Ich lag da, ein bisschen wie tot, und alles war vorbei.

Die Kinder klopften und schrien bestimmt noch eine halbe Stunde, dann wurden sie allmählich leiser, und irgendwann war es still. Ich stand auf, ging vorsichtig zur Tür und lauschte. Erst konnte ich nichts hören, und als ich dann endlich doch etwas hörte, konnte ich es nicht glauben.

Aber es war so.
Es war wirklich so.
Julia.
Sie weinte.

neununddreißig

Ich weiß nicht, wie ich den Weg zum Haus meiner Großeltern schaffte, keine Ahnung, aber mit einer sonderbaren Kraft, die ich tief in meinen schlackernden Beinen noch hatte, schleppte ich mich den Schleichweg entlang. Selbst wenn direkt neben mir Polizeihunde geknurrt hätten oder über mir Hubschrauber gekreist wären, hätte ich von alledem nicht das Geringste mitgekriegt.

Als ich endlich im Haus meiner Großeltern stand, wurde mir übel. Und ausgerechnet in dem Augenblick, als meine Großmutter aus der Küche kam und sagte, wo sind denn die Bratwürste, die du einfrieren wolltest, und die Schokolade von Opa ist auch weg, in diesem Moment übergab ich mich auf den blank geputzten Steinfußboden und sogar auf die Pantoffeln meiner Großmutter. Es hörte gar nicht mehr auf, immer wieder kam ein neuer Schwall aus meinem Mund, und meine Großmutter fragte aufgeregt und bestimmt hundertmal, Mascha, mein Kindchen, was ist denn los, so sag doch was, Mascha, was ist denn auf einmal los?

Sie klang überhaupt nicht so, als wäre ihr der schöne Fußboden wichtiger als ich, richtig besorgt schien sie zu sein und voller Angst. Johannes, jetzt komm doch mal!, rief sie erschrocken, dann sagte sie wieder zu mir, Mascha, ganz blass bist du um die

Nase, was ist denn los? Sie stand jetzt hinter mir und hielt mich an den Schultern fest, das war noch nie passiert.

Mein Großvater hatte schnell begriffen, was los war. Er stand plötzlich bei uns und hielt mir einen Eimer hin, aber mehr als eine kleine Pfütze schaffte ich jetzt nicht mehr. Als es so aussah, als würde wirklich nichts mehr kommen, führte er mich ins Bad, wo ich meinen Mund ausspülte und mir die Zähne putzte. Dann brachte mich mein Großvater ins Wohnzimmer und half mir dabei, mich aufs Sofa zu legen.

Soll ich den Fernseher leiser stellen, fragte er, und ich stöhnte, nein, lass mal. Ich war über alles froh, was mich auf andere Gedanken brachte, auch über den Tee und den ausgespülten Eimer und all die Fürsorge, die mir meine Großmutter ans Sofa brachte. Mir war immer noch übel, und ich dachte an die vielen Süßigkeiten, mit denen ich mich vollgestopft hatte, an jede einzelne dachte ich, nur an das andere nicht, das, was man nicht essen konnte. Das, was trotzdem schwer in meinem Magen lag.

Ich dämmerte halb weg, das Sofa war weich und roch ein wenig muffig, schlafen, dachte ich, schlafen, immer nur schlafen, und dann, nach hundert Jahren oder zehn Minuten, zuckte ich zusammen, *seit gestern Mittag werden der siebenjährige Schüler Max B. und die neunjährige Schülerin Julia B. aus Barenburg vermisst,* sagte jemand im Fernsehen. Mühsam richtete ich mich auf und sah, dass die Lokalnachrichten liefen, *möglicherweise,* hieß es jetzt, *hält sich das Geschwisterpaar im Umkreis von Barenburg auf, die Polizei schließt mittlerweile aber auch ein Gewaltverbrechen nicht mehr aus.*

Möglicherweise.

Möglicherweise.

Ich ließ mich zurück aufs Sofa fallen und hörte den Rest wie verschwommen, so als wäre ich tief unter Wasser, *ein Meter dreißig groß und von sehr kräftiger Statur,* wurde da gesagt, und dann noch, ein paar Sätze später: *Bis zum Einbruch der Dunkelheit wird nach den Kindern gesucht, so die Polizei. Morgen früh soll die Suche dann fortgesetzt werden.*

Wie von fern hörte ich jetzt auch meine Großmutter irgendetwas sagen. Sie stand direkt neben dem Sofa, aber ich konnte sie trotzdem nicht verstehen, nur meinen Magen, den verstand ich, denn er begann sich jetzt wieder umzudrehen, und dann kam ein neuer Schwall aus meinem Mund und landete direkt neben dem Eimer auf dem Teppich.

vierzig

Ich erwachte mitten in der Nacht im Gästezimmer. Jemand musste mich in mein Bett getragen haben, und bestimmt war das mein Großvater gewesen, eine schöne Vorstellung, die aber auch ein wenig traurig war, denn leider hatte ich davon ja überhaupt nichts mitbekommen. Ich fühlte mich immer noch hundeelend und hätte meinen Schlaf gut gebrauchen können, aber der kam nicht mehr, da war nichts zu machen. Mit geschlossenen Augen lag ich da und wartete, wartete, bloß worauf, das war mir nicht klar, vielleicht auf eines von Leonard Cohens Wundern, vielleicht auch nur darauf, dass ich ein zweites Mal aufwachte und merkte, dass alles nur ein schlimmer Traum gewesen war.

Und plötzlich, mit einem Ruck, richtete ich mich auf und saß im Bett. Es war drei Uhr nachts und stockfinster, aber ich konnte nicht länger hierbleiben, das ging einfach nicht. Meine Beine waren noch wackelig, mein Magen fühlte sich leer an, und bis ich endlich mit beiden Füßen auf dem Bettvorleger stand, waren schon wieder zehn Minuten vergangen. Es dauerte dann noch mal so lange, bis ich mich angezogen hatte, und es war halb vier, als ich endlich aus dem Fenster kletterte und mich auf den Weg machte.

Auf den Weg zum Gerstenfeld.

Zum blauen Haus.

Draußen war es still, hinter den hellbraunen und weißen Jalousien wurde seelenruhig geschlafen, und die sauberen Ränder der Rasenstücke hatten ein paar Stunden Zeit, um neu auszufransen und ihren Besitzern zu neuer Arbeit zu verhelfen, damit ihnen nicht langweilig wurde. Es war kühler, als ich gedacht hatte, ein Wind wehte über die finsteren Vorgärten und über mein Gesicht.

Wieder entschied ich mich für den Schleichweg, denn neugierig war ich jetzt nicht mehr. Das Haus der Brandners war bestimmt hell erleuchtet, sicherlich stand Julias und Max' Mutter davor, vielleicht noch zwei oder drei andere Leute, aber bitte schön, dann sollten sie eben dort stehen, ich selbst hatte dort nichts mehr verloren, ich wollte jetzt nur noch in der Nähe der Kinder sein.

Das Feld.

Da lag es.

Selbst im Dunkeln konnte man erkennen, wie schön das blaue Haus da ins Gerstenmeer passte, still lag es da und ließ den Wind über sein Dach gleiten. Ich stand am Feldrand und lauschte, irgendwie rechnete ich fest damit, jemanden weinen oder sogar klopfen zu hören. Aber da war nichts, nur diese Stille, nur dieser Wind, und ich ging immer weiter ins Feld hinein und legte mich dann auf den Boden, direkt neben das blaue Häuschen.

Das Fenster hinter dem Gitter war immer noch geöffnet, und drinnen konnte ich nach einer Weile jemanden leise schnarchen hören, sicherlich Max. Hoffentlich lag er bequemer als ich, denn mir tat alles weh, die Halme und Ähren piksten mich, der Boden darunter war hart, und außerdem fror ich, weil ich leider keine Jacke mitgenommen hatte. Aber dann fiel mir ein, dass es Max und Julia auch nicht viel besser hatten, schließlich lagen sie auf einer nassen, stinkenden Matratze, und ich konnte nur hoffen, dass Max wenigstens die Hose meines Großvaters gefunden und angezogen hatte.

Ich lag auf der Seite, hatte mein Gesicht auf meine Hände gelegt und war so leer im Kopf, ich wusste noch nicht einmal, warum ich eigentlich hier war. War es, weil ich die Kinder beschützen wollte, ohne dass sie davon etwas mitkriegten? Der Wind raschelte durch die Gerste, und langsam dämmerte ich weg und fand mich dann in schrecklichen Träumen, wachte zwischendurch halb auf und dämmerte immer wieder weg.

Dann, es war schon hell, wachte ich richtig auf. Ein Geräusch hatte mich geweckt, aber ich wusste nicht, was für eins, es war plötzlich da gewesen und –

Doch, jetzt wusste ich es.

Es war ein Hundebellen.

Schnell und mit laut klopfendem Herzen stand ich auf, stellte mich an das blaue Haus und schaute vorsichtig um die Ecke.

Das große, weite Feld.
Ein Wind, der nur noch ganz leicht wehte.
Weit hinten sah ich sie kommen.

einundvierzig

Wie es im blauen Haus weiterging? Ich wusste es nicht, jedenfalls nicht sofort. Ich rannte davon, als ginge es hier um mein Leben, rannte und rannte, fiel zwischendurch zweimal hin und holte mir blutige Knie. Als ich endlich in der Siedlung war, sah ich schon von weitem meine Großeltern vor ihrer Haustür stehen, und meine Großmutter hielt etwas in der Hand, das ich erst erkennen konnte, als ich vor ihr stand.

Es waren Max' Sachen.

Sie hatte sie im Wäschekorb gefunden.

Tränen schossen mir in die Augen, und als ich vor ihr stand, sagte ich, ach, Oma, und wollte sie umarmen, aber sie machte sich steif, schüttelte mich ab und ging ins Haus. Nur mein Großvater blieb bei mir stehen und legte eine Hand auf meine Schulter, ins Gesicht sehen konnte er mir aber auch nicht.

Die Polizisten kamen dann eine Stunde später. Es waren insgesamt vier, und sie waren gleich mit zwei Autos angerückt, die auf die Nachbarn meiner Großeltern enormen Eindruck zu machen schienen, die Plätze hinter den Gartenzäunen und vor den Haustüren waren alle ausgebucht. Ich stand mit Bauchschmerzen und hämmerndem Herzen am Küchenfenster und hörte, wie mein Großvater die Haustür aufmachte und die Polizisten begrüßte, sie brauchten ihm wahrscheinlich gar nicht viel zu erklären, denn er wusste ja schon alles. Auch wenn ich eine Stunde lang gar nichts gesagt hatte. Kein einziges Wort.

Meine Großmutter war aber auch nicht viel besser, zumindest, was das Reden anging. Sie hatte sich weinend im Schlafzimmer eingeschlossen und war seitdem nicht wieder herausgekommen. Im Gegensatz zu mir hatte sie aber schon etwas gesagt, auch wenn es nicht besonders viel und fünfmal nacheinander das Gleiche war, jetzt ist alles vorbei, hatte sie unter Tränen geschrien, bevor sie im Schlafzimmer verschwunden war.

Den Laden hier, den schmiss jetzt mein Großvater. Es war ein ungewohntes Bild, aber irgendjemand *musste* ja mit den Polizisten reden, und das würde ganz bestimmt nicht ich sein, so viel war jetzt schon klar.

Während ich drüben vor dem Haus Trautchen stehen sah, die pausenlos ihren Kopf schüttelte und ein wirklich böses Gesicht machte, kamen die Polizisten mit meinem Großvater in die Küche, drei Männer und eine blonde Frau. Es war dann auch die Frau, die mit mir redete, als ob eine Frau eher was aus mir herauskriegen würde. Sie wussten ja nicht, dass ich Max und Julia ein Versprechen gegeben hatte, eines, das ich auf jeden Fall und für immer halten würde. Mehr konnte ich sowieso nicht mehr für sie tun.

Ich saß am Küchentisch und versuchte mich daran zu erinnern, was Julia mir über das Wegsein erzählt hatte. Sie suchte sich einen Punkt, auf den sie starrte, und dann stellte sie sich vor, einfach nicht da zu sein. Erst jetzt fiel mir auf, dass es dasselbe sein musste, was auch mein Vater versuchte, wenn er an die Wand starrte. Und bei ihm hatte es auch immer geklappt, zumindest war er in solchen Momenten für keinen mehr zu kriegen, schon gar nicht für mich.

Ich suchte so einen Punkt in der Küche und fand auch einen, nämlich den Kalender mit den Marmeladenrezepten darauf. Aber es half nichts, ich starrte auf das Papier und war immer noch da, mein Herz klopfte so stark wie vorher, und nichts konnte mich vor den Worten der Polizistin schützen.

Sie sagte, dass man die Kinder auf einer stinkenden Müllhalde gefunden hatte, und beinahe hätte ich dann doch geredet und gesagt, hey, Moment mal, wieso Müllhalde, die waren doch im Haus! Aber als hätte sie meine Gedanken lesen können, sagte sie:

– Im Haus sah es wie auf einer Müllhalde aus. Die Essensreste, das zerknüllte Papier, die leeren Flaschen, all das kaputte Spielzeug, und dann dieser Gestank, um Himmels willen, dieser Gestank dadrinnen! Mädchen, was hast du dir dabei gedacht, die Kinder da einzusperren? Die haben eine unglaubliche Wut auf dich.

–

– Ein paar Tage länger, und – Mascha, richtig? – Mascha, weißt du, wie heiß es in so einem Haus werden kann? Die Kinder werden gerade untersucht, die Eltern sind auch schon da. Du kannst dir hoffentlich vorstellen, was die jetzt sagen, da wird noch einiges auf euch zukommen. Mascha, es muss doch einen Grund gegeben haben. Irgendeinen. Du hast die Kinder doch nicht einfach so eingesperrt, das hast du doch nicht, oder?

–

– Die Kinder behaupten so was. Die sagen, du hättest sie ins Haus gelockt und eingesperrt. War das so?

–

– Okay, du willst nicht reden, gut. Wie alt bist du, elf, zwölf? Noch keine vierzehn jedenfalls, das ist dein Glück, sonst wärst du strafmündig. Du weißt, was das bedeutet? Du weißt, was du getan hast? Hast du auch nur ein einziges Mal an die Kinder gedacht?

–

– Dann rede ich mal Klartext. Das war eine handfeste Entführung. Vielleicht einfach nur aus einer Laune heraus. So sieht es der Vater, und so werden es hier viele sehen. Es würde etwas verändern, wenn du es erklären könntest.

Und plötzlich konnte ich es nicht mehr aushalten. Die ganze Zeit hatte ich auf den hässlichen Kalender gestarrt und versucht wegzuhören, aber das war nicht gegangen, das hatte nicht funktioniert, und ich war gezwungen gewesen, mir jedes Wort anzuhören. Aber jetzt war das nicht mehr zu ertragen.

Ich sprang so heftig auf, dass mein Stuhl mit einem furchtbaren Knall umfiel, und kurz konnte ich noch in das überraschte Gesicht der Polizistin sehen, sie hatte einen großen Leberfleck auf der rechten Wange und sehr lange Wimpern. Dann rannte ich aus der Küche, knallte die Tür hinter mir zu und verschwand im Gästezimmer.

Die Polizisten ließen sich davon aber nicht abschrecken und blieben noch eine Weile, bestimmt eine halbe Stunde waren sie noch da, und mein Großvater redete in dieser Zeit wahrscheinlich mehr als in den letzten zwei Jahren zusammen. Erst dann fiel die Tür ins Schloss, und erst dann wurde es totenstill im Haus. Ich lag auf dem Gästebett und hätte heulen können, ich hatte so viel Zeit, wie man nur haben konnte, und ich wusste außerdem, dass mich garantiert keiner stören würde. Trotzdem kamen keine Tränen, und ich konnte mich noch nicht mal übergeben, in mir war alles leer. Zwei oder drei Stunden lag ich einfach nur auf dem Bett und starrte an die Decke.

Gegen Mittag merkte ich, dass ich aufs Klo musste. Ich schlich hinaus in den Flur, hörte Stimmen in der Küche und verschwand schnell in dem winzigen Raum mit der Gästetoilette, der sich gleich neben der Haustür befand.

Da sah ich es.

Die Scheibe war kaputt.

Jemand hatte einen großen Stein ins Fenster geworfen.

Wie von Sinnen stürmte ich in die Küche und sah meine Großmutter unterm Fenster hocken und Glasscherben zusammenfegen. Auf dem Boden lag ein Stein, der noch größer war als der in der Gästetoilette, und als ich nach oben blickte und die kaputte Scheibe entdeckte, hörte ich meine Großmutter schluchzend sagen, übermorgen kommt dein Vater, und dann wird dir deine Arroganz schon vergehen.

zweiundvierzig

Es flogen keine Steine mehr. Dafür kamen ein paar komische Anrufe, eine lispelnde Sozialarbeiterin, noch mal die Polizei und am übernächsten Nachmittag sogar mein Vater. Ich wollte lieber nicht wissen, was er dachte, als er sich auf einen der Gartenstühle setzen musste, denn er hasste diesen Garten mehr als alles andere auf der Welt und hatte ihn seit dem Tod meiner Mutter nicht mehr betreten. Aber jetzt war mein Vater wirklich hier, unrasiert und dünn, wahrscheinlich hatte er seit Wochen kaum was gegessen, dünn und erschrocken saß er da und knetete seine Hände.

Es war wieder unerträglich heiß heute und oben blau, und meine Großmutter hatte einen halbherzigen Apfelkuchen gebacken, der furchtbar trocken war und ohne Zimt. Sie hatte mich seit gestern fast gar nicht angesehen und tat das auch jetzt nicht, anders als mein Vater, der wahrscheinlich sehr gut wusste, dass es sich gar nicht lohnte, mich wie Luft zu behandeln oder mich auszuschimpfen, denn ich fühlte mich schon elend genug. Er versuchte es aber trotzdem und fragte, ob das bitte schön nicht anders gegangen wäre, man kann doch niemanden einsperren, und er hat mir so etwas nicht beigebracht, er nicht!

Mein Großvater, der die ganze Zeit in der nagelneuen Ausgabe des Barenburger Wochenblattes las, schaute kurz am Zeitungsrand vorbei und sagte mit bebender Stimme, die Mascha, die hat sich schon was dabei gedacht, und das war das Erste, was er seit gestern früh dazu zu bemerken hatte. Ich sah ihn erstaunt an, aber da hielt er sich schnell wieder die aufgeschlagene Zeitung vors Gesicht.

Ich konnte die Überschriften auf der Vorder- und der Rückseite gut erkennen, und auf der Rückseite stand zum Beispiel *Kühles Nass lockt Jung und Alt* und weiter links auch noch *Alfred Esser ist der neue Löschzugführer.* Auf der Vorderseite gab es dagegen etwas völlig anderes zu lesen, *Es war ein Kind!,* stand da rabenschwarz und riesengroß, und unter dem Artikel konnte man auf einem Foto das Gerstenfeld mit dem Haus sehen, außerdem ein paar Polizisten und Sanitäter und Männer in weißen Overalls. Das Feld sah aus, als wehte der Wind hindurch, aber in Wirklichkeit war das nur das Zittern meines Großvaters.

Mein Vater sagte dann noch ein paar andere Dinge, aber nichts Besonderes, und meine Großmutter rührte und rührte in ihrem Kaffee, als plötzlich jemand am hinteren Gartenzaun etwas brüllte, aber da hatte sie ihren Kaffee wahrscheinlich sowieso schon kalt gerührt. Am Zaun stand eine Frau, die ich noch nie zuvor gesehen hatte. Sie stützte sich auf zwei Pfähle und rief dreimal hintereinander Verbrecher!, dann verschwand sie wieder, und meine Großmutter begann zu jammern. Ob denn hier auch mal jemand an sie denkt, wollte sie wissen, und ob uns das klar ist, keiner redet mehr mit ihr, die Rückengymnastik kann sie sich auch abschminken und am liebsten würde sie gleich ins Wasser gehen, denn so fühlt sie sich jetzt, genau so. Aber da knurrte mein Großvater, bis du hier in der Gegend Wasser gefunden hast, ist der Spuk schon wieder vorbei, und ich musste zum ersten Mal seit gestern aufpassen, dass ich nicht loslachte. Aber meine Großmutter tat so, als hätte sie nichts gehört, sah zu meinem Vater und fuhr ihn an, dass er mich gleich mitnehmen soll, jetzt sofort, denn sie kann ja schließlich nichts für ihre Enkelin, nicht wahr?

Mein Großvater wackelte mit seiner Zeitung und mein Vater wurde blass und sagte was von »alt genug« und »schlimm«, aber er sagte eben auch, dass seine Dreharbeiten so weit weg sind und noch zwei Wochen dauern und er mich auf keinen Fall mitnehmen kann. Dieses Kind!, stieß meine Großmutter hervor und wollte ihren Satz bestimmt noch passend beenden, aber da faltete mein Großvater seine Zeitung zusammen, knallte sie auf den Tisch und sagte laut, die Mascha bleibt hier, und damit Schluss.

dreiundvierzig

Ich blieb also in Barenburg.

Und damit Schluss.

Anderthalb Wochen lang saß ich vor allem im Gästezimmer und ging höchstens mal zum Essen in den Garten. Hier drinnen redete fast keiner mit mir, nur mein Großvater probierte immer wieder ein paar Sätze, die wahrscheinlich nett gemeint waren. Einmal kam noch die Polizistin mit dem Leberfleck, obwohl sich das überhaupt nicht lohnte, denn sie konnte mich ja schlecht einsperren, außerdem sagte ich sowieso kein Wort, nicht mal, als sie von meiner Mutter anfing, die doch mit der ganzen Sache überhaupt nichts zu tun hatte. Und dann gab es auch noch diese drei Briefe, von denen nur einer einen Absender hatte, und das war dann der Anwalt vom Herrn Brandner.

Meine Großmutter sagte immer noch so gut wie kein Wort, höchstens ganz selten mal eines zu meinem Großvater, und ich war genauso still, von morgens bis abends hielt ich mein Versprechen, sehnte mich nach meiner Musik und brachte irgendwie die Tage herum. In der Siedlung musste die Hölle los sein, zumindest las ich das einmal in der Zeitung meiner Großmutter, die sie sich sonst immer am Kiosk geholt hatte und die mein Großvater ihr jetzt vom Einkaufen mitbrachte, weil sie sich selbst nicht mehr aus dem Haus traute. Die Zeitung lag an irgendeinem Vormittag aufgeschlagen auf dem Küchentisch, und auf Seite drei las ich in großen schwarzen Buchstaben: *Horror-Entführung bleibt ein Rätsel*, und darunter: *Seit fünf Tagen schweigt die 13-jährige Entführerin Mascha W. zu den Vorwürfen. Die von ihr festgehaltenen Kinder Julia B. (9) und Max B. (7) erholen sich im Kreise ihrer Familie nur langsam von den Schrecken. War es am Ende nur ein böser Scherz aus Langeweile? Polizist Dieter Hahn (45): »Die Jugend von heute wird immer dreister. Es wäre ja nicht das erste Mal.«*

Im Ort herrscht hingegen Ratlosigkeit. Anwohnerin Ramona Schilbe (34): »Es ist ein Skandal, dass das Mädchen keine Strafe bekommt! Als Nächstes entführt sie vielleicht meine Kinder!« Auch Nachbarin Roswitha Janssen (67) ist entsetzt: »Das Mädchen hat früh die Mutter verloren, das wissen hier alle. Aber muss man deshalb gleich unschuldige Kinder entführen?« Mascha W. hat am vergangenen Donnerstag zwei Kinder in einen Schuppen gelockt und sie dort bis zum Samstag unter schlimmsten Bedingungen eingesperrt. Dank einer groß angelegten Suchaktion der Polizei konnten die Kinder rechtzeitig gefunden werden.

Unter dem Artikel gab es zwei Fotos, und auf dem ersten sah man das blaue Haus von innen, Unterschrift: *In diesem verdreckten Raum mussten die Kinder zwei Tage verbringen*. Das zweite Foto war noch schlimmer, es zeigte meine Großeltern, meinen Vater und mich im Garten, und auch wenn unsere Gesichter nicht zu erkennen waren, war die Unterschrift umso schrecklicher: *Als wäre nichts gewesen: Mascha W. und Familie beim ausgelassenen Kaffeeklatsch.*

Wütend zerknüllte ich die Zeitung und wollte sie gegen die Küchenwand werfen, aber dann überlegte ich es mir anders, strich sie wieder glatt und riss sie in bestimmt zehn Streifen. Aber auch das half nicht. Es gab leider nichts, was man mit so einer Zeitung anstellen konnte, damit man sich hinterher besser fühlte.

vierundvierzig

Man hätte jetzt denken können, dass der ganze Ort gegen uns gewesen wäre, immerhin war hier alles voller Leute, die Angst hatten, dass ich auch noch ihre Kinder entführen könnte. Nur so, falls mir mal wieder langweilig wäre. Und dann hatte es ja auch noch die kaputten Fenster gegeben und die brüllende Frau und das empörte Gesicht von Trautchen. Sonderbar war aber, dass trotzdem immer wieder Leute an den hinteren Gartenzaun kamen, die nichts brüllten, sondern einfach nur mit meinem Großvater redeten und ihm manchmal sogar eine Hand auf die Schulter legten. Ich sah das immer nur vom Gästezimmer aus und konnte natürlich nicht verstehen, was gesagt wurde. Aber hinterher sah mein Großvater immer froh aus, ein wenig zumindest, und ich hätte zu gern gewusst, was sie geredet hatten.

Und dann kam dieser Mittag, drei Tage vor meiner Abreise, der Mittag, als mein Großvater zu reden anfing, und zwar mehr als die paar Worte, die er sich in den letzten zwei Wochen abgerungen hatte. Wir saßen beim totenstillen Mittagessen im Garten, und wenn ein Reporter uns vom Zaun aus fotografiert hätte, hätte er bestimmt unters Bild geschrieben: *Mascha W. und Familie beim ausgelassenen Mittagsschmaus.*

Mitten in diesem ausgelassenen Mittagsschmaus sagte also mein Großvater, der Jürgen war vorhin am Zaun, der vom Verein. Er sagt, es wird geredet in der Stadt, und meine Großmutter entgegnete schwach, ja, geredet, da hat dir dein Freund mal etwas ganz Neues mitgeteilt! Aber mein Großvater ließ sich nicht beirren und sagte ruhig, der Arzt, der die Kinder untersucht hat nach der Sache, der hat Verletzungen entdeckt und erst gedacht, die würden von der Entführung stammen, Verletzungen, versteht ihr, aber dann waren das zu viele und zu alte, also hat er das Jugendamt angerufen. Jetzt droht der Brandners Christian dem Arzt aber mit einer Verleumdungsklage, irgendwie ist das durchgesickert in der Siedlung, und dann hat das der Jürgen eben auch gehört.

Das war der Moment, in dem ich aufsprang. Das Versprechen, das ich Max und Julia gegeben hatte, es war auf einmal so schwer, dass ich es nicht mehr halten konnte, ungefähr wie ein Koffer, den man irgendwann abstellen musste, weil er nicht mehr zu tragen war. Ich stellte es also ab, mein Versprechen, und fühlte eine ungeheure Wut in mir aufsteigen, und dann weinte und brüllte ich alles aus mir heraus, ich erzählte meinen Großeltern wirklich alles, was ich wusste, sogar die Sache mit den Elefanten und wie Max damals sterben gehen wollte. Den Anfang der Geschichte kannten meine Großeltern schon, die Sache mit dem Bilderrahmen zum Beispiel, aber ich erzählte alles noch einmal, ich erzählte von Pablo und von Julias Bauch und dem Baumhaus und den nassen Sachen, ich zeigte Max' Verletzungen an meinem eigenen Körper, jede einzelne, an die ich mich erinnern konnte, und ich weinte dabei, ich konnte gar nicht mehr aufhören damit, und ich erzählte von Julia und wie sie versuchte, nicht da zu sein, und ich gab sogar zu, dass ich hundert Euro gestohlen hatte, was meiner Großmutter ein Stöhnen entlockte, und schließlich erzählte ich von meinem Versprechen und davon, dass Frau Brandner bald ganz tot sein würde und die Kinder ins Heim müssten, atemlos erklärte ich meinen Großeltern, warum ich nichts sagen durfte, und als ich endlich wieder Luft holte, sah ich meine Großeltern mit weit aufgerissenen Augen am Gartentisch sitzen.

Sie saßen da.

Sie saßen einfach nur da und starrten mich an.

Meine Großmutter sah aus, als ob sie etwas sagen wollte, aber dann überlegte sie es sich wohl anders und ging ins Haus. Dafür stand mein Großvater auf, ging zu mir hin, stand ein paar Sekunden unschlüssig vor mir, und dann umarmte er mich. Er roch leicht nach Schweiß und auch nach Deo, und ich wusste nicht, ob ich es schön fand oder nicht, schließlich war seine Umarmung ungewohnt. Aber ich kam gar nicht mehr dazu, mich zu entscheiden, denn mein Großvater sagte, so, und jetzt reicht's, ich geh rein und ruf an!

fünfundvierzig

Am Abend setzte sich mein Großvater an mein Bett, und ich wunderte mich gar nicht erst darüber, der halbe Tag war schon so merkwürdig gewesen, merkwürdig und auch bedrückend, denn allmählich hatte sich mein schlechtes Gewissen gemeldet, immerhin hatte ich mein Versprechen gebrochen und Max und Julia verraten. Statt Gute Nacht! sagte ich gleich, Opa, was ist, wenn die beiden jetzt ins Heim müssen, und ihre Mama, meinst du, er schlägt sie tot?

Mein Großvater überlegte und sagte, wenn überhaupt, dann wird sie jetzt endlich lebendig. Das verstand ich nicht, Opa, wie meinst du das?, und er zuckte mit den Achseln und sagte, dass er das ja auch nicht weiß, aber jemand hat behauptet, dass Heike Brandner, also, nein, das kann man noch gar nicht sagen, aber vielleicht geht sie diesmal wirklich mit den Kindern weg. Mit Max und Julia?, fragte ich erstaunt, darf sie denn das? Und mein Großvater schüttelte den Kopf und sagte, nein, darf sie nicht, aus solchen Siedlungen verschwindet man nicht einfach, das ist hier so. Sie könnte es aber trotzdem tun.

Eine Weile saßen wir da und schwiegen, dann sagte mein Großvater:

– Die Elefanten in Afrika. Was du da erzählt hast. Die Elefanten, Mascha, die ahnen gar nicht, dass sie sterben müssen.

– Aber Julia hat das doch gesagt!

– Ja, das ist eine Legende. Das wird oft behauptet. Aber in Wirklichkeit ziehen die alten Elefanten in die Sümpfe, weil ihre Zähne nicht mehr mitmachen. In den Sümpfen gibt es weiche Pflanzen, die können sie noch kauen. Und dann sterben sie. In den Sümpfen.

– Weil sie zufällig gerade dort sind?

– Ja, so kann man das sagen.

– Die haben also keinen blassen Schimmer, die Elefanten?

– Nein. Nur schlechte Zähne.

Es war mir nie klar gewesen, dass sich mein Großvater so gut auskannte, aber richtig verwunderlich war es nicht, denn neben dem Rasenmähen und dem Brummen hatte er oft auch gelesen, abends, wenn seine Lokalnachrichten vorbei waren. Er las brummend in Zeitungen, nur nicht in der von meiner Großmutter, und er blätterte brummend in alten Büchern, in denen keine Geschichten standen, so hatte er es früher mal gesagt, keine Geschichten, aber dafür etwas anderes. Etwas über Elefanten zum Beispiel, wie ich jetzt wusste.

Und als wir wieder ein paar Minuten still dagesessen hatten, fragte ich:

– Opa? Redet Oma irgendwann wieder mit mir?

– Mascha, natürlich tut sie das! Du musst ihr ein bisschen Zeit geben. Für sie, für uns ist gerade alles ein wenig anders geworden. Und die Sache mit den hundert Euro hat sie auch noch nicht verkraftet.

– Das war blöd, was ich gemacht habe. Alles war blöd, die ganze Sache. Das hat einfach nicht funktioniert.

– Sagen wir mal so. Es gibt vielleicht kein Kind auf der ganzen Welt, das jemals eine so dumme Idee hatte.

– Opa?

– Ja?

– Warum … ich weiß nicht … also … wieso sagst du das so nett?

– Nun ja. Weil es eben auch keinen Menschen in Barenburg gibt, der jemals versucht hat, den Kindern zu helfen. Abgesehen von Else Lippka.

– Aber Max und Julia hassen mich jetzt!

– Das mag sein. Jetzt ja. Stell dir lieber vor, wie es sein wird, wenn sie älter sind. Wenn sie wissen, wie alles weitergegangen ist. Und wenn sie sich dann erinnern.

– Aber – wie wird es denn weitergehen?

Mein Großvater konnte es mir nicht sagen. Stattdessen erzählte er kurz von Else Lippka und davon, wie ihr niemand glauben wollte damals, weil es so etwas nicht gab in der Siedlung, Väter, die ihre Kinder fast totprügelten, das passte einfach nicht hierher und machte den schönen Frieden und all das Ordentliche und Geschniegelte kaputt, und nicht mal die anderen Nachbarn von den Brandners, die bestimmt auch etwas mitbekommen hatten, noch nicht mal die hatten der Lippkas Else glauben wollen, denn der Herr Brandner war immerhin Autohausbesitzer, und jeder kannte ihn.

Was ich aber nicht verstand, das war, warum auch mein Großvater ihr nicht glauben wollte, denn *mir* glaubte er ja jetzt auch. Ich sagte ihm das, und er dachte lange nach, räusperte sich kurz, dachte weiter nach und sagte:

– Ich habe. Also. Ich habe ... zu sehr auf deine Großmutter gehört. Wir mischen uns nicht ein, hat sie gesagt. Weißt du, Mascha, ich wollte immer nur meine Ruhe haben. Und ich glaube, ich wollte einfach nur das, was deine Großmutter wollte: dass sich hier nichts verändert.

– Komisch. Hier ist es so stinklangweilig, da wäre das doch gar nicht so schlecht. Ich meine, wenn hier mal was anders werden würde.

– Für dich ja. Aber für viele hier ist es das Einzige, was sie haben. Da passt nichts Dunkles hinein.

– Hmmh. Und, also. Gibt es denn irgendetwas, ich meine, was wäre denn richtig gewesen?

– Wenn wir das wüssten. Ich glaube, alles, was man tun kann, ist zwangsläufig ein wenig falsch.

– Aber für Max und Julia ist es zu spät. Denen kann man nicht mehr helfen. Glaub mir, ich hab wirklich alles probiert. Und selbst dieser Arzt, der … was hat er eigentlich gesehen?

– Überall blaue Flecken, alte Verletzungen, irgendwelche Wunden. Einen schlecht verheilten Knochenbruch. Es muss furchtbar gewesen sein.

– Ich weiß, ich hab Max ja auch gesehen.

– Wenn ich mich recht erinnere, war vor allem von Julia die Rede. Bei ihr war es wohl am schlimmsten.

– Bei Julia? Was?

– Mascha, diese Kinder, ich glaube, die hatten nie Ruhe in all den Jahren. Die haben alles abgekriegt. Und wir waren froh, dass wir das nicht mit ansehen mussten.

– Aber Opa. Man muss da doch was machen!

– Und deshalb bin ich in dein Zimmer gekommen. Du weißt schon, mein Anruf vorhin. Morgen früh haben wir einen Termin.

Dann erzählte mir mein Großvater noch mehr darüber, was mich morgen erwartete, und irgendwann sagte er, *gute Nacht!*, ging zur Tür und drehte sich noch einmal um. Mascha?, rief er, und ich fragte, ja, Opa?

Sie haben das Feld gemäht, sagte er.

Sie haben das Haus abgerissen.

sechsundvierzig

Als wir am nächsten Morgen aus dem Haus traten, fühlte ich mich wie ein kleines Kind, das gerade erst Laufen lernt. Vorsichtig setzte ich einen Fuß vor den anderen, schließlich war ich seit fast zwei Wochen nicht mehr auf der Straße gewesen. Irgendwie hatte ich damit gerechnet, dass tausend Leute draußen wären oder wenigstens zehn und empört auf mich zeigten, aber nicht mal Trautchen stand am Fenster, alles war wie früher.

Wir hätten einfach nach links und dann in Richtung Zentrum gehen können, aber ich fragte meinen Großvater, ob wir einen kleinen Umweg machen könnten, einmal quer durch die Siedlung. Ich hatte einen großen Briefumschlag dabei, den ich Julia vor die Haustür legen wollte.

Mein Großvater schien von dieser Idee wenig begeistert, und man konnte es ihm nicht verdenken, ebenso gut hätte ich ihn fragen können, ob wir im Zoo eine Runde mit den Krokodilen schwimmen wollen. Trotzdem nickte er nach einer Weile, und so änderten wir die Richtung und gingen dicht nebeneinander durch eine Siedlung, in der keiner von uns beiden mehr richtig erwünscht war und in der die Hortensien langsam verblühten.

Je mehr wir uns dem Haus der Brandners näherten, desto mehr Gardinen sahen wir wackeln, und ein paar Leute standen am Gartenzaun und schüttelten ihre schweigenden Köpfe. Wir sahen auch den alten Herrn Benrath und ich fragte mich, was er von der Auflösung der Geschichte mitbekommen hatte. Er kam mit lauter kleinen Schritten an den Zaun gelaufen und nickte uns dann zu, sehr freundlich tat er das und er lächelte sogar. Es hätte gut sein können, dass er einfach nur an die viele Sahne dachte, die er im Kühlschrank hatte, aber plötzlich sagte er, Johannes!, Mascha!, und dann, ganz leise: nicht wahr. Ja, Walter, antwortete mein Großvater, und seine Stimme klang froh und kein bisschen überrascht.

Auch Frau Janssen stand vor ihrer Haustür, so wie sich das gehörte, und schleuderte uns das, was sie zu sagen hatte, mit einem übertriebenen Lächeln entgegen, schlimm, schleuderte sie, schlimm, was damals mit der Mutter der Kleinen passiert ist, da ist das alles jetzt ja kein Wunder! Und mein Großvater knurrte, dass es manchmal eben doch nicht so einfach ist und dass sie das übrigens auch genau weiß. Dann ließen wir Frau Janssen, die gerade wieder ihren Mund geöffnet hatte und sicher ein paar empörte Worte herausschleudern wollte, einfach stehen.

Wir waren jetzt nur noch ein paar Meter vom Haus der Brandners entfernt. Es stand harmlos auf der anderen Straßenseite und mein Großvater sagte zu mir, beeil dich, Mascha, wir haben einen Termin. Aber uns beiden war klar, dass das hier sowieso nicht lange dauern würde. Auf dem Weg zur Brandner-Tür dachte ich plötzlich, dass meine Idee absolut blödsinnig war, und ich wusste auch nicht, was ich tun sollte, wenn ich auf Herrn Brandner treffen würde. Vor der Haustür angekommen, bückte ich mich, um den Umschlag auf den Treppenabsatz zu legen, und da passierte tatsächlich das, was auf gar keinen Fall passieren durfte.

Die Tür ging auf.

Wer herauskam, war aber nicht Herr Brandner, und das war zumindest schon mal ein Glück, denn er hätte sicher irgendwas gebrüllt und ich wäre in Ohnmacht gefallen oder sonst wohin und wir hätten unseren Termin verpasst. Nein, wer herauskam, das war Frau Brandner, und auf den ersten Blick hätte ich sie fast nicht erkannt, auf den ersten Blick war sie so gut wie neu. Die lilagelbe Stelle in ihrem Gesicht war zwar immer noch zu erkennen, aber trotzdem sah die Mutter von Julia und Max anders als vorher aus. In diesem Moment, mit ihrem Leben im Rücken und der Entführerin ihrer Kinder vor Augen, in diesem Moment sah sie fast stark aus.

Alles ging so schnell, dass ich gar keine Zeit mehr gehabt hätte, um ihrem Blick auszuweichen oder davonzurennen, also tat ich es auch nicht und guckte sie einfach nur an. Ich konnte Julia und Max in ihrem Gesicht erkennen, sah die gleichen grünen Augen, den gleichen goldenen Fleck. Sie lächelte nicht, aber wirkte auch nicht verärgert oder wütend.

Dann, als wir uns schon eine Weile so angesehen hatten, sagte sie mit leiser und fester Stimme, sie haben es mir erzählt, und ich entgegnete das Unpassendste, was man auf so was entgegnen konnte, hier, flüsterte ich, das ist ein Aufladegerät für Julia. Frau Brandner griff nach dem Umschlag, und für ein paar Zehntelsekunden waren unsere Hände durch ihn verbunden. Dann hörte ich, wie mein Großvater von hinten rief, komm, Mascha, und ich sah Frau Brandner ein letztes Mal an und ging los, fort von ihr, fort von Julia und Max, von denen ich nicht wusste, ob ich sie jemals wiedersehen würde. Mein Großvater stand da, sah mich an, und ich wusste, es war Zeit jetzt, Zeit, meine Geschichte zu erzählen.

Bis hierher und dann weiter

Tamara Bach
was vom Sommer übrig ist
144 Seiten
Taschenbuch
ISBN 978-3-551-31421-5

In diesem Sommer stimmt nichts für Louise. Ihre Eltern sind ihr noch fremder als sowieso schon und die Klassenkameraden auch, vor allem seit der Sache mit Paul. Und ihr eigentlich so guter Plan, den Job beim Bäcker und das Zeitungsaustragen so einzurichten, dass sie die Fahrstunden schnell abhaken kann, scheitert in der Praxis kläglich. Vielleicht hätte sie zumindest ihrer Oma nicht noch versprechen sollen, auf ihren kurzatmigen Hund Bonnie aufzupassen. Und dann ist da noch Jana, die ihr auf einmal wie ein Schatten folgt, fast so, als erwarte sie von Louise, dass sie ihr zeigt, wie man lebt.

CARLSEN

www.carlsen.de